Mudanza

La lectura abre horizontes, iguala oportunidades y construye una sociedad mejor.
La propiedad intelectual es clave en la creación de contenidos culturales porque sostiene el ecosistema de quienes escriben y de nuestras librerías.
Al comprar este libro estarás contribuyendo a mantener dicho ecosistema vivo y en crecimiento.
En **Grupo Planeta** agradecemos que nos ayudes a apoyar así la autonomía creativa de autoras y autores para que puedan seguir desempeñando su labor.
Dirígete a CEDRO (Centro Español de Derechos Reprográficos) si necesitas fotocopiar o escanear algún fragmento de esta obra. Puedes contactar con CEDRO a través de la web www.conlicencia.com o por teléfono en el 91 702 19 70 / 93 272 04 47.

Lunwerg es un sello editorial de Editorial Planeta, S. A.
Avenida Diagonal, 662-664 – 08034 Barcelona
Calle Juan Ignacio Luca de Tena, 17 – 28027 Madrid
lunwerg@lunwerg.com
www.lunwerg.com
www.instagram.com/lunwerg
www.facebook.com/lunwerg
www.twitter.com/Lunwerglibros

Primera edición: junio de 2024
Depósito legal: B. 21.276-2023
ISBN: 978-84-19875-40-2
Impresión y encuadernación: Liberdúplex
Printed in Spain – Impreso en España

PEFC Certificado
Este libro procede de bosques gestionados de forma sostenible
PEFC
PEFC/14-38-00305
www.pefc.es

Mudanza

Alejandra G. Remón

LUNWERG | Narrativa

La única manera de dar sentido a los cambios es sumergirse en ellos, moverse con ellos y unirse al baile
Alan Watts

A los finales que se traducen en una oportunidad.

La vida está llena de oportunidades para descubrir quiénes somos, de emociones intensas, de experiencias, de relaciones significativas, de desafíos y, sobre todo, de cambios.

Creo que no es ninguna novedad.

No existe nada que permanezca de manera lineal e inalterable en el tiempo, nada. Salvo excepciones, como la velocidad de la luz en el vacío, todo está en continua evolución. En ocasiones hay cosas que, desde nuestra perspectiva humana y mortal, se nos antojan similares a otras, constantes y repetitivas, con cierto equilibrio y balance... Pero para que se puedan llevar a cabo o se produzcan precisan ciertas modificaciones. Ciertos ajustes. Ciertas reformas.

Hay etapas y situaciones que parecen permanecer inamovibles en nuestra línea vital, siempre fieles en su rutina y modo, pues aparentan no necesitar de ningún tipo de variación en su núcleo para mantenerse pretéritas con el paso del tiempo y, así, sobrevivir y perpetuarse... Sin embargo, cuando las observamos bien, descubrimos que, en su capa inferior e invisible a nuestros ojos, esa pretendida eternidad pasiva se encuentra en constante evolución. Algunas de esas vivencias caducan. Otras se esfuman. Algunas más se reconvierten. O se rompen. O se complican. O se marchan. O todo a la vez.

Cualquier elemento es propenso a sufrir alguna modificación y no estoy hablando de los que conforman la tabla periódica. No hace falta irse tan lejos. Hablo de nuestros valores y de nuestros recuerdos; de nuestro pasado y de nuestro presente; de nuestras emociones y aprendizajes. De nosotros. De quienes nos acompañan. De todos.

Nuestra eternidad y todo lo que la rodea está repleta de giros y variaciones, aunque no nos demos cuenta. La afectan en todas sus escalas, desde lo más grande y aparentemente inamovible hasta lo más pequeño e inverosímil. Quién lo diría, pero hasta las montañas sufren pequeños desplazamientos, aun con su desorbitado tamaño. Cambian. A veces, estallan.

Entonces, ¿sirve de algo pensar que para nosotros va a ser todo siempre igual? ¿Tiene sentido creer que vamos a continuar siempre por el mismo camino? No...

En esta realidad no existe una pausa inamovible. Todo evoluciona y cambia. Y yo con ella.

Esto es lo que vengo pensando mientras observo detenidamente a una miserable mota de polvo sostenida levemente por el aire de la sala de estar, un pedacito de átomos perdidos cuya efímera existencia me ha sido revelada con el sol, que se ha atrevido a colarse por una esquina de la ventana. Es curioso. A veces no necesito grandes acontecimientos para ponerme a reflexionar y a divagar sobre la existencia... Otras veces, el resto del tiempo, me cuesta un poco más. Ahora, por alguna razón, tras observar esta poética escena, me han aflorado un montón de preguntas... ¿A dónde irá a parar? ¿En qué se convertirá? ¿Formará parte de algo nuevo?

—¿Y yo? ¿Qué va a pasar conmigo?

Desde fuera, todo aparenta seguir en orden dentro de mí. Quién lo diría. No se observa movimiento ni alteración alguna en mi forma o fondo. No existe variación a simple vista, pero si alguien se aventurara a hurgar en mi interior, se percataría de que mi materia profunda, mis sentimientos, se encuentran algo aturdidos y vagan de lado a lado.

Me encantaría poder decir que estoy avanzando y fluyendo con armonía por el cosmos... Como si danzara un vals vienés, no sé, un «Danubio azul» en clave astral... Pero nada que ver. Me siento algo estancada. Ando densa y desubicada. Un poco perdida.

Si tuviera que describir mi estado con una imagen, podría decir que me siento como una hoja seca, una de esas que suelen ser zarandeadas por el viento y parecen andar buscando cualquier excusa o cualquier esquina donde poder detenerse a descansar... O un globo perdido de las manos de un niño dirigiéndose a la estratosfera esperando desintegrarse y convertirse en otra cosa —si un tendido eléctrico no me achicharra antes por el camino—. Y, por eso, ando un tanto mareada y esquiva. Sin ganas de hacer gran cosa. Es agotador, en cierto modo. Pero ir de lado a lado sin conocer cuál va a ser el destino de los próximos movimientos no es algo que vaya mucho conmigo. Nunca he sido lo suficientemente valiente para perpetrar cambios radicales, sólo variaciones.

Quizá debiera hacer y decir lo de siempre, que todo está bien, con una sonrisa de medio lado —fingir normalidad aunque me suceda todo—, y poner en práctica ese estoicismo tan laureado en la antigüedad y tan en boga entre la gente intelectual sin escrúpulos, pero no estaría siendo honesta conmigo misma y no tiene sentido alguno.

Ya no me exculpo ni me recrimino por hablar de cómo me siento realmente. Eso no va conmigo. Ya no. Estoy en otra página de mi vida, una con la suficiente seguridad en mí misma como para poder llamar a las cosas por su nombre, con el suficiente conocimiento como para detectar los síntomas de que algo no anda bien y, a su vez, con la ignorancia suficiente para seguir cometiendo errores. Claro. Benditos errores.

Soy consciente de que esto cambiará. Sé que pasará y que dentro de un tiempo miraré hacia atrás y me sorprenderé por la fuerza demostrada —ya lo he vivido anteriormente—, pero ahora mismo no hay necesidad de engañar a nadie y menos a mí. ¿Qué importa? Esto es una fase. Una etapa. Una vivencia más.

Ahora mismo estoy triste. Bastante.

Es natural. Es mi respuesta emocional ante los últimos sucesos. Tiene remedio, sí. No es eterna, no; menos mal... Pero ahora estoy triste y me permito estarlo, porque las emociones reprimidas se convierten en piedras a la espalda que van aumentando de peso y tamaño con el paso del tiempo... Y yo no quiero andar con cargas extras. Estoy a dieta.

Además, tengo motivos suficientes para encontrarme así, evidentemente. En estas últimas semanas han soplado fuertes rachas de vientos decepcionantes, acompañadas de tormentas mentales y lluvia en el corazón... Todos esos fenómenos atmosféricos relacionados con los cambios bruscos de temperatura emocional. Ha caído hasta granizo...

Y por eso me creo ser una hoja solitaria danzando aturdida entre todo el repertorio de mis emociones.

Estoy intentando tocar el suelo y deseo hacerlo pronto para conocer mi nuevo punto de partida. Quiero hacerlo cuanto antes, pero, una vez más, esto no depende del todo de mí.

Todo apunta a que mi nuevo rumbo está sujeto a la llamada que pueda recibir en las próximas horas de alguien a quien desconozco por completo y sólo he visto una vez, pero en cuyas manos he depositado toda mi confianza. No me ha quedado más remedio. Espero que cuando llegue sea con buenas noticias, ya veremos. Con ella espero mitigar gran parte de esta desazón y malestar, reconfortarme con un baño de ilusiones y nuevos comienzos. La página en blanco siempre me ha resultado muy motivadora, aunque dé bastante vértigo observarla al desnudo.

Es curioso, no sé. Que mi futuro dependa de unos minutos de conversación con un extraño me resulta, cuando menos, llamativo... Como si estos treinta y ocho años anteriores no contaran ni me sirvieran para decidir por mí misma qué paso tomar a continuación... Así de caprichoso es el destino. Al final, parece que todo lo decide alguien que no eres tú. Qué incómodo.

Ahora mismo no sé apenas nada, ni de mí ni de lo que vendrá después. Me siento algo desconocida, como si los aprendizajes que guardo en mi cerebro hubieran sufrido un borrado integral, como si alguien hubiera desenchufado de golpe mi fuente de alimentación y se hubieran perdido todos los datos, toda esa información almacenada. Tanta. Desde frases de autoayuda y nombres de escritores mediocres, hasta anécdotas divertidas con amantes, poemas intensos, circunstancias ridículas, códigos PIN extremadamente obvios o incluso chistes malos que no sé contar. Y con ella, las esperanzas, las promesas y toda motivación extra confeccionada a base de cariño y ternura.

Qué pesada es la tristeza. Sólo recuerdo que me llamo Fabiola, por mi abuela materna. Todo lo demás, está emborronado.

Intento pensar. ¿Soy capaz de enumerar ahora mismo la cantidad de emociones e ilusiones que he albergado por aquí dentro? ¿Puedo intuir el número de decepciones, miedos y pasiones que habitaban debajo de esta sensible capa de la piel antes de que todo esto sucediera?

Uf.

¿Dónde han ido a parar todas mis cosas? ¿Y mis argumentos?

La incertidumbre es terrible de gestionar en este estado y, por si no me fuera suficiente con enfrentar la supervivencia y sus asuntos, con el destino en sí, la situación, la llamada —lo que no está en mi mano y no depende de mí—, voy y le añado una dosis extra de ansiedad.

Y de dramatismo. Y de comedia, pues tengo la maldita costumbre de arriesgarme a dibujar los siguientes acontecimientos.

Lo cierto es que esta insensata ocupación de proyectar hacia el infinito es algo bastante habitual en mi cabeza. No me escondo. Y no soy la única, ni mucho menos. Me he pasado media existencia planeando el futuro sin atender al presente: escribiendo borradores de sueños por alcanzar, intentando solucionar los asuntos internos de otros para obtener motivos suficientes con los que poder ignorar los míos... Imaginando todo aquello que anhelaba que sucediera, de alguna forma: salud, familia, trabajo, éxito, amor...

Una lista inabarcable.

Además, en este juego de cavilaciones y deseos, por lo general, siempre he ido a mi aire. ¿Acaso no son mis ideas? Por esa razón no he sabido interceptar las intenciones de los otros, afanada como estaba en mi tarea de construir algo a mi medida, pero perfecto para dos.

Así, he ido acomodando y edificando mis sueños a mi forma y modo, de manera independiente, pensando que eran compartidos y similares, que obraban por un sueño en común. En mi cabeza yo había escrito un guion fantástico, repleto de verdad y de dicha, de momentos preciosos... que ahora mismo no son más qué palabras inconexas. Ni siquiera sabría decir si son mías.

—Dichosa tristeza e incertidumbre. ¿Por qué no me llaman ya?

Si lo pienso bien, esto no es nada nuevo, en realidad. No necesito rebuscar demasiado por mi subconsciente para reconocer que todos los cambios inesperados en mi vida, todas las sorpresas, las decepciones, las alegrías y las penas han sido provocados por conversaciones con desconocidos. Me atrevo a llamarles desconocidos a todos porque, a pesar de que alguno estuviese muy bien identificado, amado, comprendido, sentido y estudiado, posteriormente, tras este pequeño olvido temporal de palabras, han pasado a ser absolutos extraños o personas totalmente diferentes a como yo las pensaba o las intuía.

Extranjeros de mi corazón. Y de mis vísceras. Y de mi vida.

Llegaron, lo pusieron todo patas arriba y se marcharon.

Y aquí estoy, algo nerviosa, contemplando motas de polvo que flotan a lo largo y ancho de la habitación mientras espero una señal telefónica que me ayude a escribir un nuevo rumbo, a vislumbrar un comienzo... Uno que no esperaba en absoluto hace unos meses, al menos no de esta manera. Me resulta extraño.

Tras ella pretendo escribir el final de una historia y despojarme de todo aquello que ahora resulta innecesario.

Me voy. Me despido. Me modifico. Me traslado. Me despierto.

Me mudo.

Puedo entender que, a simple vista, este giro en mi camino no resulte demasiado emocionante y que carezca de singularidad. No es la primera vez y, de alguna forma, agradezco poder hallar en mí la confianza suficiente para dar el paso con cierta habilidad, con esa pequeña destreza que te regala el aprendizaje, pero este movimiento conlleva la construcción de un nuevo paradigma.

A partir de ahora mi vida ya no será tal y como la conocía, será otra totalmente diferente. ¿Mejor, tal vez? Quizá resulta arriesgado pensarlo así, pero es la verdad. Mi vida será otra.

Una vida que no hubiera concebido sin toda una serie de sucesos anteriores que, como pequeñas piezas de puzle, han ido encajando con mayor o menor acierto hasta el día de hoy.

Es el momento de marcharse y, pese al miedo y todo lo demás, estoy deseando averiguar cómo será lo próximo.

Me intriga.

— 1 —

Ayer por la noche opté por no poner la alarma en el viejo reloj que descansa sobre la mesita próxima a mi cama coronando una torre de libros que pretendo leer en algún momento al completo y que, hoy por hoy, utilizo como somníferos naturales en un acto de premeditada y absurda rebeldía.

«Mañana es domingo y no tengo ningún tipo de plan excepto respirar. Puedo aprovechar para dormir plácidamente hasta la hora que sea», pensé.

Me encontraba tan cansada, mental y físicamente, que supuse que lo correcto sería dejarme llevar y disolverme sobre las sábanas sin que nada me perturbarse tras el amanecer.

Mi intención inicial era vivir durmiendo, adormecer mi cuerpo y despertar reinventada, renacida, como un ave Fénix. La segunda, que en realidad era la más importante, consistía en encontrar la excusa perfecta para robarle algunos minutos al día. O unos cuantos. Los suficientes para ahorrarme lucidez y cordura, y poder deshacerme de la necesidad de prestar atención a mi presente, a mi implacable realidad. Como un intento algo torpe de supervivencia.

«Si consigo ahorrarme unas horas de desidia, estupendo», supuse mentalmente. «Mientras se duerme, no se piensa. ¿No?...».

Aquella idea nocturna tan prometedora consistía en levantarme a media mañana, nada demasiado arriesgado e inviable, y poder tomarme las cosas con calma, sin agobios.

«Cuando despierte, me prepararé un desayuno sabroso y saldré al jardín a tomarme un café tranquilamente junto a un libro hasta que el calor se haga insoportable...».

¿Acaso existe un plan mejor?

Estoy de vacaciones y no hay trabajo, problema u obligación que atender. ¿Cómo no aprovechar esta situación tan insólita? Debo darme una tregua, ir despacio y empezar a construir los cimientos de una nueva versión de mí, una contemporánea y saludable. Una que tantas veces he imaginado y descartado por considerarla inviable, adoptando algunas de esas rutinas matinales que se dice que son beneficiosas para nuestro organismo y espíritu y que rara vez pongo en práctica.

«Después puedo empezar a escribir un diario de agradecimiento o salir a pasear o ponerme a meditar... O darme un baño hasta que los dedos de los pies se me arruguen totalmente».

Esto último me resultó bastante atrayente. Me convenció por completo.

«Mañana empiezo», sentenció mi cabeza.

Sin embargo, todo lo que imaginé esta noche pasada se ha ido al traste, porque me he despertado de manera natural a eso de las siete de la mañana, como suelo hacer habitualmente.

Nuestro cerebro es un esclavo de las rutinas, le producen bienestar y, aunque yo haya considerado que lo más apropiado en estos momentos sea mantenerlo desconectado el mayor tiempo posible, él ha decidido por mí.

Otro que decide por mí.

«No me lo puedo creer. ¿Qué hago ya despierta a estas horas? ¿Por qué no puedo volver a dormirme? ¿Qué voy a hacer con tanto tiempo libre?».

No debería quejarme por despertarme temprano una mañana de domingo, aunque me encuentre agotada. No sé de qué me sirve. Puedo descansar más tarde, no hay mucho más que hacer. Aunque quizá sea por eso. Por lo general, sólo nos quejamos de las cosas cuando no tenemos ninguna ocupación y mucho tiempo diáfano por delante. Supongo que esta insatisfacción surge porque este periodo estival tiene un sabor un tanto forzado para mí. Es un poco engañoso. Esta pausa no estaba en mi agenda ni en mis planes, y debo añadir que hay muchas sensaciones salpicando mi interior que me impiden concentrarme en alcanzar esa languidez etérea que acompaña a los días de descanso. Esa laureada lentitud. Ese sosiego. Ese clímax de la despreocupación...

Porque nada ha salido como planeaba.

No del todo. Sólo un poco.

No lo sé, me duele la cabeza.

Esta mañana, cuando he abierto los ojos, la habitación se encontraba inundada por esa despejada luz matinal, si acaso interrumpida por el vuelo de alguna golondrina, que suele acompañar el despertar de cualquier princesa de cuento; por ese resplandor que desprende el cielo un día cualquiera de pleno verano. Un día cualquiera de un mes de julio como este...

La llenaba esa claridad que permite verlo todo con ajustada nitidez y enfoque cuando se pretende hacer una fotografía, pero que resulta casi cegadora para unas pupilas adormecidas y unos párpados hinchados de tanto llorar.

—Ay, no. Pero ¿y esta luz? Pero... ¿qué hora es? —he balbuceado entre las sábanas—. No... No me quiero levantar todavía...

Siempre tengo la costumbre de bajar las persianas antes de irme a dormir, pero ayer no me quedó más remedio que acostarme con las ventanas abiertas, debido a las altas temperaturas. Fue un intento de atrapar esa ligera brisa nocturna que convierte mi habitación en un lugar más amable, cómodo y menos agobiante; un espacio habitable en el terreno de los sueños. Sin embargo, no tuve en cuenta que la luz del amanecer actuaría como un despertador natural para mi sistema nervioso. Un despiste, por mi parte.

Después de unos escasos segundos de indecisión, en los que he vacilado entre levantarme o intentar buscar una postura que me proporcionara algo de penumbra, con la almohada a modo de muro de contención entre la ventana y mis ojos, he terminado saltando de la cama. No ha pasado mucho tiempo.

Remolonear entre las sábanas una vez que mi organismo parece haber encendido sus interruptores no es algo común en mí. No me agrada. Normalmente, no lo hago ni cuando estoy enferma..., y mucho menos si no tengo compañía para acurrucarme contra su espalda, darle un beso de buenos días y realizar otras actividades.

—Cariño, yo ya estoy despierta... ¿Y tú? —He sugerido más de una vez.

—No del todo, pero si quieres despertarme tú...

En ese caso, sí. Si existe la posibilidad de revolver las sábanas apasionadamente, sí. Ahí hago la excepción que confirma mi regla y, tratándose de algo extraordinario y divertido, procuro prolongarlo más de la cuenta... Al final, mis reglas son mías y las manejo como me apetece. En el alto tribunal de mi conciencia, siempre voy a resultar absuelta en temas carnales. En los demás aspectos, suelo encargarme de considerarme culpable, lamentablemente, así que aprovecho la coyuntura y me dcjo llevar. Es imposible ser coherente todo el tiempo.

Con toda esa luz directa salpicando todos los rincones, y sin excusa pasional de por medio, no me siento capaz de mantenerme en posición horizontal. La fuerza de la gravedad me incomoda cuando estoy tumbada y soy consciente. Me sucede lo mismo en la playa, cuando intento broncearme. Me termino aburriendo.

Además, nunca me ha resultado sencillo permanecer aletargada en lugares iluminados. Es algo realmente imposible. Mi cerebro se despereza fácilmente ante el mínimo rayo de luz que se cuela por cualquier rincón. Por eso, me asombra la habilidad de ciertas personas para dormir en cualquier lugar y a cualquier hora del día, como los koalas.

Y de los sonidos... Mejor ni mencionarlos. Impensable.

Soy de sueño ligero, demasiado ligero.

Siempre digo que no duermo, que mi cuerpo nunca llega a apagarse del todo... Más bien se ralentiza y permanece en modo espera, como ese piloto rojo de la tele que suele estar siempre iluminado. Siempre dispuesto y disponible. Parece que no se inmuta y, sin embargo, está en servicio, en *stand-by*. Sigue consumiendo energía aunque finja desconexión. No sé. Yo pensaba que esto de estar siempre alerta sólo les sucedía a las madres y a las personas a las que se les ha ido de las manos el consumo de estupefacientes... Y yo no formo parte de ninguno de los dos grupos, hoy por hoy.

Me sucede desde la infancia.

A veces, mientras duermo, tengo la sensación de que mi materia sigue presente y consciente sobre lo que la rodea, salvo que con los ojos cerrados. Parece que no estoy, pero estoy. (En ocasiones me he visto practicando desconexión mental al contrario, con los ojos abiertos, mientras permanecía rodeada de personas que mantenían conversaciones mediocres y carentes de interés. Parece que estoy, pero no estoy).

Creo que podría contar con los dedos de una mano las veces que he llegado a dormir profundamente alcanzada la edad adulta y sin alcohol o relajantes musculares de por medio. Siempre existe o encuentro algo perturbador con forma humana, animal o atmosférica que merece mis atenciones...

Así que, ¿profundamente? Muy pocas. Y menos ahora que mi cabeza está en pleno estado de agitación, preocupada por lo que ha sucedido y lo que pueda llegar a ocurrir los próximos días.

Y ansiosa. Y un poco inquieta... Y triste.

«Agh».

No es que me agrade regodearme especialmente con mis estados melancólicos ni con la retórica del dramatismo, al contrario; pero es lo que hay. Hace unos años, intentaba sobrepasarlos de puntillas y no darles demasiada importancia, ya que me desgastan y me dejan totalmente abatida. Ahora los afronto en la medida de lo posible.

Ya no huyo más.

Lo que sucede es que, me guste o no, estas emociones son algo que debo transitar si pretendo que no se me adhieran en lo más profundo. No me sirve de nada camuflarlas; no quiero de esas piedras. Deshacerme de ellas es cuestión de tiempo y voluntad, y creo que tengo ambas cosas.

No sé qué sería de mí en otro contexto cultural en el que debiera reprimir estos sentimientos. Explotaría por alguna parte.

¿Para qué reprimirlos? Paso.

¿Por qué tenemos tanto miedo a localizarlos y a hacernos partícipes de ellos? ¿Por qué los silenciamos y no los compartimos con el resto? ¿Por qué nos intimidan? ¿Acaso debemos demostrarnos algo? ¿Acaso nos creemos más fuertes por saber maquillar nuestra realidad?

Nada de eso. La vulnerabilidad no es débil, es heroica.

Yo soy sensible pero no cobarde... Poseo la capacidad de asumir errores y asumir mi responsabilidad, después de tantos años. He evolucionado. Eso me han dicho. Por prueba y error y por terapia.

No huyo de mí. No.

Simplemente sucede que mi vida está del revés ahora mismo. Lo está, aunque me dé pereza admitirlo. Y yo, con ella. Hasta que deje de girar esta espiral, así estoy.

Sólo ha transcurrido algo menos de un mes desde que todo sucedió. Es muy reciente. No puedo ignorarlo aunque lo haya intentado. Es lógico que esta situación me duela. Lo anormal sería encontrarme indiferente ante las circunstancias. Esto es lo que hay.

Lo único que me reconforta es pensar que una claridad parecida a la que ha interrumpido mi vigilia penetrará e iluminará también mi mente. Tarde o temprano. Sin alarma.

Y me deslumbrará por completo.

—Persevera, Fabiola. —Me he dicho frente al espejo—. Esto también pasará.

Me encuentro desanimada, abatida, y al desgaste físico y mental que sobrellevo, algo habitual en la vida adulta, lamentablemente, hay que sumarle todo lo vivido durante esta noche.

La madrugada ha sido algo incómoda y discontinua, densa e insoportable, hasta perturbadora a ratos, porque no he logrado conciliar el sueño de manera uniforme. A pesar de haberme acostado a una hora inusualmente tardía y de haber tomado una pastilla homeopática a base de melatonina, me he desvelado un montón de veces.

«¿Por qué no me hace efecto? ¿Tan nerviosa estoy? ¿Y si me tomo otra?».

Este compuesto natural debería haber sido suficiente para convertirme, en cuestión de minutos, en un mueble sobre el colchón, como ha sucedido en otras ocasiones. Suelo caer desplomada en el sueño tras su ingesta. Sin embargo, al observar su ineficiencia y encender la luz de la lámpara de noche con la intención de engullir una segunda dosis, he comprobado en el envase que hacía tiempo que había pasado la fecha de consumo. De ahí que hubiese surtido en mí los mismos efectos que una tila, es decir, escasos, por no decir nulos.

Debería haber comprobado la fecha antes, pero soy un poco despistada para esas cosas. Para demasiadas, en realidad.

«Y ahora, ¿qué hago? ¿Si me tomo varias para compensar la ineficiencia de sus efectos, me sucederá algo?».

Ya había intuido que esta noche no me resultaría fácil arrojarme a los brazos de Morfeo, pero he preferido mantener la calma, intentar relajarme y no complicar mi existencia por una absurda imprudencia. ¿Y si no vuelvo a despertarme nunca más?

He imaginado los titulares de los periódicos al día siguiente: «Hallada una joven convaleciente en su casa tras una ingesta masiva de pastillas de melatonina caducadas». Un despropósito.

Bajo la escasa repercusión de esta sustancia y mi incomodidad mental, el periodo de descanso nocturno ha sido un jardín sembrado de sueños confusos y desconcertantes con apariencia realista.

Por ellos se han asomado personas importantes del pasado y vivencias concretas algo desdibujadas. No he sido capaz de reconocerlas muy bien. He podido intuirlas, sé que han sucedido, sí, aunque el área de la corteza cerebral que utilizo para almacenar los acontecimientos oníricos debe ser demasiado frágil y superficial y no acierto a precisarlos. Una pena.

No suelo recordar casi nada de mis sueños al despertar, mucho menos pasadas unas horas... A no ser que estos hayan sido perturbados por un suceso externo, como un despertador o un manotazo, entonces sí. Esto es algo similar a lo que me ocurre con las razones para no volver a hablar con ciertas personas: que me tomo tres copas de vino, se me olvidan y les cuento todo.

Lo mismo sucede con todo aquello que me ha causado algún tipo de trauma, se me olvida hasta que una situación incómoda lo devuelve a la superficie. Eso dice mi terapeuta.

—¿Traumas? ¿Crees que tengo alguno más de los que ya vienen de serie al poner un pie en este planeta? No creo haber experimentado nada fuera de lo común. Bueno, todos hemos vivido alguna situación poco amable en el pasado. ¿Pudiera ser la separación de mis padres? Es posible, pero no lo viví con dolor, sólo con extrañeza.

—Fabiola, ¿cómo es posible que no recuerdes nada de tu infancia? ¿No te genera incomodidad? —Mi terapeuta en varias ocasiones.

—Pues no lo sé. ¿Será porque apenas tengo fotografías de entonces? ¿Será que tengo mala memoria en general o que no presto demasiada atención? ¿Será que mi cerebro se sobrecarga de información y no sabe elegir? Ten en cuenta que ya en mi infancia mi madre me daba suplementos alimenticios para fomentar mi escasa retención cognitiva... Sin mucho éxito. Alguna cosa sí recuerdo, pero es aleatoria.

—¿Crees que te sucedió algo que no quieres contarme?

—Mmm... No... No hay nada lo suficientemente trágico como para tenerlo en cuenta. Lo único que me pasa es que así, en frío y sin que haya sucedido algo importante que me lleve a traer estos recuerdos al presente, no soy capaz de revivir nada.

¿Para qué? Imagino que, de no usarlos, me he deshecho de ellos o los he escondido.

—Entiendo, Fabiola. Ya veremos este tema más adelante, entonces. Reconocer nuestro pasado es muy importante para comprender el presente.

—Supongo, pero si no es absolutamente imprescindible... Espero. Tengo miedo de encontrar algo que me desequilibre aún más.

Creo que proceso tantos estímulos que mi cerebro no puede contener todos los datos. Voy descartando o almacenando lo antiguo en cualquier parte a medida que llegan nuevos asuntos, en una especie de «economía circular de los recuerdos»: los experimento intensamente, los aprovecho y, cuando ya no son útiles, los descarto y sólo vuelvo a ellos si se pueden reutilizar. Algunas personas hacen exactamente lo mismo, pero con los sentimientos de otras, en una «economía circular de las relaciones». Así es como resumo yo esos vínculos del «usar y tirar».

Soy muy práctica.

Con tanta actividad cerebral nocturna, me he seguido desvelando en varias ocasiones. En otra de ellas estaba empapada en sudor y muerta de sed, como si hubiera terminado de correr una maratón hacia ninguna parte o volviese de alguna fiesta. Lógicamente, bajo esta sofocante y molesta sensación, no me ha quedado más remedio que levantarme y bajar a la cocina para buscar un vaso de agua.

No sé qué hora era exactamente. No acostumbro a mirar el reloj de madrugada para no obsesionarme con sus cifras. Ya lo estuve durante muchísimo tiempo.

«Uff. Qué pereza tener que bajar hasta la cocina. ¿Por qué siempre se me olvida dejar a mi alcance una botella de agua? Todas las noches me sucede lo mismo», me he recriminado mentalmente.

Tener que desplazarme tantos metros para realizar algo tan sencillo como hidratarme es una de las pequeñas desventajas de vivir en una casa de doble altura —a menos que cuentes con un mayordomo, unos padres o una pareja muy complaciente—. He notado que, al vivir en un espacio con dos plantas, siempre que estoy arriba necesito algo que se encuentra en el piso de abajo, y viceversa. Nada suele estar en el mismo nivel del mar que tú... Y así, paso el día subiendo y bajando escaleras.

De todas formas, reconozco que la arquitectura de esta casa en doble altura es un inconveniente sin importancia porque es realmente preciosa; un pequeño paraíso tipo *loft*, con jardín, vistas a la montaña y muchísima luz, del cual he tenido la fortuna de poder disfrutar durante casi tres años. La tarima de roble, los techos de gran altura con vigas de madera vista, y la gama de blancos crema y ocres de paredes y alicatados otorgan al espacio muchísima calidez. Pero la joya de la corona es el enorme ventanal del salón desde el que se accede a un precioso jardín repleto de árboles y una zona cubierta, un pequeño porche con una barbacoa, perfecto para disfrutar de los días de verano o resguardarse de la lluvia.

Esta casa está llena de ingenio y buen gusto. Todavía recuerdo la emoción que sentí el primer día que colocamos todas nuestras cosas. Sin lugar a dudas, este hogar parece sacado de una revista de diseño. Es perfecta. Un sueño. El único fallo que tiene ahora es que sólo la puedo disfrutar yo.

De ahí mis lamentos pasajeros.

He bajado a la cocina con el párpado del ojo izquierdo entreabierto y el del derecho totalmente pegado. Una vez allí, no me atrevía a encender la luz, pues tenía miedo de caer fulminada como un mosquito con el resplandor —creo que también soy fotosensible—, pero visto que la penumbra existente no bastaba para reconocer los contornos de los objetos, no me ha quedado más remedio que pulsar el interruptor. Casi quedo ciega.

Mientras sorbía serena mi vaso de agua, a pequeños tragos por si pudiera cortar la digestión de algún alimento rezagado, todo permanecía en un silencio prudente, casi hermético, hasta que el sonido de la turbina de la nevera escondida tras un gran panel de madera me ha sorprendido. «Uf, ¡qué susto! ¡Maldita nevera!». No sé, hace unos ruidos raros, casi animales. A veces parece que resopla, como algunas personas que llevan demasiado tiempo esperando su turno en la consulta del médico. Nunca cesa de emitir ruidos... Se asemeja a mi voz interna y sus pensamientos aleatorios, que, a modo de sonidos inesperados, revientan a destiempo toda quietud y calma. Ella y la nevera comparten la misma esencia: se manifiestan cuando menos las esperas, avisándote de que están ahí, distrayéndote de cualquier cosa y estado que estés viviendo en ese preciso momento.

En el camino de vuelta a la cama, he intentado ir tanteando las paredes por el minúsculo pasillo que lleva al dormitorio, a oscuras, como una ladrona de guante blanco, con el ingenuo propósito de no molestar, sin ser consciente de que entre esas cuatro paredes ya no hay nadie más aparte de mí, por extraño que me resulte.

Estoy sola con mi soledad.

Después de tres años me conozco este recorrido de memoria. Podría transitarlo incluso con los ojos cerrados... No como la primera vez que lo emprendí a oscuras y acabé con el cristal de un marco hecho añicos y el dedo meñique del pie derecho del tamaño de una almendra.

En aquella ocasión creo que desperté a todo el vecindario con mi grito de dolor y los posteriores improperios que me dediqué a mí misma por mi torpeza. —A veces me hablo muy mal y no está bien. No está nada bien—. Aún me duele cuando lo pienso. Espero que mis vecinos no se alarmaran demasiado.

A pesar del escándalo, el único ser vivo que vino a mi rescate fue Tomi —un diminutivo de Tomate—, nuestro perro, un labrador de pelo dorado y cara de felicidad constante.

Imagino que al escuchar el estruendo su sueño se perturbó y, como si de un vigilante nocturno se tratara, se acercó hasta mí arrastrando un poco el trasero y bostezando. Tuve que impedirle que se aproximara demasiado, haciendo aspavientos desde una postura corporal un tanto cubista, pues temía que alguno de aquellos cristales acabara incrustado en una de sus patas; me negué a ocasionar más heridos con aquella torpeza, con un pie magullado ya era suficiente.

Vista la escena y tras comprobar que no lo necesitaba, Tomi me miró con cara de extrañeza y volvió al salón con su singular y habitual parsimonia, contoneándose como la manecilla de un reloj de cuco, y se desplomó cual losa de cemento sobre su enorme cojín.

Bastante intranquila tras el susto inicial, me acerqué cojeando hasta el armario de la limpieza para buscar la escoba, no eran horas de utilizar el aspirador, y encendí todas las luces existentes por si algún minúsculo pedazo de cristal se quedaba rezagado en alguna parte —¿cómo era posible que tan pequeño descuido fuese capaz de ocasionar tanto revuelo?—. Al no quedar conforme con el resultado, extendí una toalla enorme por el suelo a modo de alfombra, para evitar nuevas sorpresas hasta el día siguiente. Eso fue todo.

Doy gracias a que Tomi velara por la seguridad de nuestra casa y estuviese atento a los sucesos..., porque mientras tanto, en el piso de arriba, Esteban, su dueño y por entonces mi novio, permaneció firme y ajeno a todo estruendo y circunstancia en nuestra cama —o interpretó descaradamente bien el papel de estar durmiendo— y se limitó a emitir, supuse que a modo de queja, unos ruidos ininteligibles a mi encuentro bajo la manta. Ni abrió los ojos ni mucho menos se preocupó por mí o se interesó por lo sucedido. Nada.

Qué cosas. ¿Cómo iba yo a sentirme segura durmiendo con un tronco sin empatía alguna? Mi pareja era un ser inerte.

He compartido cinco años de mi vida con una momia.

Siguiendo la estela de mi memoria he llegado hasta mi cama, de nuevo. Tras palpar las sábanas y comprobar que aún seguían calientes, he decidido acaparar el lado más templado, que no frío, del colchón. Con estas temperaturas estivales todo se encuentra blando, como un beso desganado y sin pasión. Uno de esos con lengua floja que causan rechazo instantáneo.

Ya predispuesta a dejarme llevar por la calma, tras esa pequeña odisea nocturna para sufragar mi sed, tampoco he vuelto a conciliar el sueño de forma homogénea. Todo ha sido un ir y venir de pensamientos y preguntas sin respuesta.

De recuerdos. De palabras no dichas. De deberías y de porqués.

Por momentos, el peso de la culpa ha parecido cubrirme por completo, desde la cabeza a los pies, como una tosca pieza de lana envolviendo por completo mis extremidades.

En un empeño de ponerle fin a esos inoportunos razonamientos, he procurado realizar ejercicios de respiración:

contar hasta diez mientras exhalas, aguantar el aire, expulsarlo de nuevo contando hasta diez... «Así era, ¿no?». Sin éxito.

También he probado a poner la mente en blanco, concentrándome en dormir imaginando cosas bonitas, recuerdos amables...

«Vamos, piensa en blanco. Estoy pensando en blanco. Concéntrate. Blanco. Blanco. Pienso en blanco... Blanco...».

Pero lo he conseguido a duras penas porque mi voz interna emitía sonidos dispares que interrumpían cualquier pensamiento, como la nevera.

«... Blanco... ¿Qué hora será?... Blanco. Piensa en blanco. ¿Verde? No, blanco. ¿Por qué no puedo pensar en otro color? ¿Habré cerrado la puerta del garaje?... Pff... Blanco. Blanco. Blanco...».

Creo que al final he caído rendida por puro abatimiento y necesidad. No había más opción.

Esta noche pasada ha sido una odisea mental a la altura de cualquier epopeya de Homero, pero sin llegar a ninguna parte.

Por eso esta mañana me encuentro algo cansada y me duele todo el cuerpo. Es una sensación similar a la de haber estado bailando incansablemente durante horas en una discoteca, cosa que ya ni siquiera recuerdo muy bien cómo era, hace tanto que no piso una pista de baile... Soy incapaz de concretar qué parte de mi alargada figura me molesta más. Es una sensación de fatiga global. Me faltan horas de sueño. Unas cuantas.

«¿Y si pruebo a echarme una siesta más tarde?», he pensado, sin dudar.

Puedo intentarlo, pero todavía quedan horas para poder llevarla a cabo y la verdad es que nunca me sientan muy bien. Envidio a los que son capaces de resetearse echando una cabezada de veinte minutos. En mi caso, me la juego. Para mí, una siesta es algo parecido a jugar a una ruleta rusa, un descanso con trampa donde cada bala es a la vez descanso y una pérdida de tiempo.

Siempre me toca la menos rentable.

Luego lo decidiré.

Debo añadir que el pecho también me duele, me oprime. Es muy incómodo experimentar la sensación de que algo te estruja por dentro, como si te empujase contra una pared constantemente, y no saber muy bien de dónde procede.

Es tal la presión que por momentos creo tenerla alojada incluso en la zona baja de la garganta, alrededor del cuello, impidiéndome respirar con tranquilidad... Pero todo esto poco tiene que ver con el abatimiento, me temo, tiene otra razón de ser, más allá de la falta de sueño.

Es ansiedad. Es mi corazón roto, desparramado, suplicando clemencia.

Sí, me duele el corazón. Me duele mucho.

Me oprime tanto esta víscera que a veces temo que decida pararse en algún momento, cansada de tanto esfuerzo. Aunque eso sea casi imposible.

Esta sensación tan incómoda es la respuesta de mi querido cuerpo a vivir una experiencia emocional intensa. Está triste, como yo.

La reconozco perfectamente porque no es algo novedoso. Desgraciadamente, no me sorprende.

La primera vez que experimenté esta opresión en el tórax pensé que era el resultado de un revolcón un tanto impetuoso la noche anterior y que, en un descuido pasional, se me había hundido una costilla. Quizá suene algo exagerado, pero el malestar era tan evidente que terminé yendo a las urgencias del hospital, angustiada por tanto dolor.

Tras realizarme varias placas y pruebas, los profesionales me dijeron:

—Señorita Gómez, buenas noticias. Las pruebas indican que su pecho está en buen estado, no hay señales de contusiones ni fracturas. Al revisar sus análisis hemos identificado que la presión que siente en el pecho es un síntoma de ansiedad.

—Ah. Bueno... Mejor, ¿no? Mmm... —Acerté a decir algo más tranquila ante el diagnóstico, aunque muerta de vergüenza tras haberle explicado al doctor mi vida sexual y haberle descrito con pelos y señales cada una de las posturas que había realizado, por si tenían algo que ver.

Vaya bochorno.

Resulta que, cuando se lo somete a mucho estrés emocional, como la angustia y la tristeza, nuestro cuerpo segrega hormonas que hacen que el sistema nervioso se inflame, y de ahí que sintamos que el corazón nos va a explotar como un globo...

Esta sensación, al parecer, es más común en las mujeres que en los hombres. —Qué curioso, ¿acaso es posible que algunas emociones entiendan de género? Nunca me lo había planteado—. Podría llegar a sugerir algunas razones que explicasen por qué nosotras somos más propensas a sufrir esta sensación, pero la verdad es que no me apetece generalizar ni llegar a conclusiones. Ni tengo fuerzas para debatir nada, ni tampoco tengo ni idea, en realidad.

Yo no soy científica. Ni periodista. Ni psicóloga.

Soy una olla a presión.

Llevo unas semanas experimentando este sinsabor y luchando contra esta incertidumbre, promovidos por un ser inmaduro que no ha sabido lidiar con mis circunstancias y me ha culpado de todas sus incomodidades e inestabilidades emocionales.

De todas ellas, como si yo fuera la causante de su malestar. Como una mala hierba que resulta molesta. Como si su vida hubiera estado en mis manos y yo hubiera decidido amargársela o hacérsela menos amable.

«¿Cómo es posible que alguien piense así de mí y de mis afectos?».

De ahí mi ansiedad. De ahí mi tristeza. Y mi impotencia.

De un día para otro, sin previo aviso, este individuo me dijo adiós. Así, sin tapujos y sin concedernos la oportunidad de hacer una reflexión personal. De golpe. *Ciao*.

Por la mañana me amaba y me colmaba de besos y por la tarde me odiaba y se despedía tras la puerta con la mirada.

De esta forma tan aséptica puso fin a nuestra historia y se largó con una firme decisión unilateral y sin opción a nada más. *Sayonara*. Sin réplica ni consenso. Nada. Todo lo que yo pudiera aportar o rebatir sobre su decisión quedó silenciado.

Él dice que fue honesto, pero ¿qué clase de honestidad se puede esperar de alguien que es capaz de mentirse a sí mismo constantemente? ¿Y de permanecer indiferente y ajeno a sus emociones, silenciándolas, hasta que ya no puede soportarlas más?

¿Acaso ser sincero consiste en estar en posesión de la verdad absoluta y te permite ir por la vida haciendo y expresando lo que te viene en gana sin atender al resto? ¿Acaso olvidamos que la responsabilidad afectiva también se demuestra escuchando la respuesta que los otros nos puedan dar a los actos que repercuten en ellos directamente? ¿Qué hay de la asertividad?

La franqueza no está reñida con la empatía. Lo demás es una simple huida.

Mi estado de shock aún es evidente. Por eso estoy como estoy. Espero que en algún momento esta presión remita y comience a doler un poco menos. Sucederá, lo sé, pero es tan reciente...

Además, es verano, pleno verano. Maldito verano.

¿No podía haber escogido otra época del año para romper conmigo? ¿No es mejor poner fin a un vínculo en septiembre, como hace todo el mundo?

Las estadísticas no fallan y, si la gran mayoría de las parejas decide terminar sus historias con la llegada del nuevo curso, no creo que sea porque no se soporten durante las vacaciones, que también, durante esos días todos solemos estar a nuestro aire... Debe de ser otra cosa, además del síndrome postvacacional.

Yo me atrevería a decir que lo hacen así por puro pragmatismo, para no amargarse las horas estivales con tintes melodramáticos que restan toda energía, ese bien tan escaso, tomando decisiones capaces de dinamitar o alterar su línea de vida. Mejor posponer la debacle para el terreno conocido de la rutina y el hogar.

Supongo que resulta más sencillo y viable reiniciar nuestras relaciones al mismo tiempo que estrenamos cuadernos y bronceado, además de reencontrarnos con nuestro lugar seguro y nuestro círculo de confianza. A fin de cuentas, para muchas personas los años comienzan en septiembre, con la vuelta a rutina y, en tal caso, toca hacer la lista de los nuevos propósitos. Nuevos retos. Nuevas miradas... Debe de ser eso o que la ausencia de ruido exterior (el trabajo, lo cotidiano, los compromisos y todo lo demás) hace que no les quede más remedio que escucharse y se resulten terriblemente insoportables, o bien que, al poder dedicar el tiempo suficiente para observar su camino, terminen comprobando que por ese sendero transportan una carga extra sobre sus hombros que no les deja avanzar, que les impide seguir creciendo. Un lastre.

Una relación que ya no aporta nada beneficioso para ninguna de las partes y no consigue tener motivos suficientes para continuar. Algo que con sus amantes resulta mucho más llevadero y apetecible.

Debería estudiarse más a fondo todo esto, aunque seguro que existen investigaciones sobre el tema en alguna universidad norteamericana como la de Harvard, Stanford o Massachusetts... No sé por qué, pero siempre tienen respuestas científicas para casi todo. Quizá les debiera escribir algún día para sugerir que estudien mi caso, el de las despedidas frías y sin argumentos concretos... Solicitando que me aconsejen qué hacer ante los puntos de inflexión y cambios profundos que suceden en la vida cuando menos te los esperas, porque ¿qué hace una?

¿Redescubrirse? ¿Cambiar de rumbo? ¿Concentrarse en lo importante? ¿Cortarse el pelo?

Pensándolo bien, en realidad nunca hay un momento más adecuado que otro para romper con alguien. Para nada. El momento adecuado no existe. Si esto ha sucedido ahora, es porque debía ser así y, aunque me duela, mi intención es considerarlo como una nueva oportunidad.

—2—

No sé qué hora será ahora mismo, presiento que alrededor de las diez y media de la mañana o algo así. Lo intuyo por las sombras que proyectan en el suelo de la terraza los árboles del jardín. Las diviso desde el sofá del salón. Me hubiese gustado poder estar fuera, disfrutando de la brisa matinal, pero en esta época del año el sol incide con fuerza contra los muros blancos de la casa y su resplandor resulta demasiado potente para mis sensibles retinas.

No sé cuánto tiempo llevo aquí tumbada procurando distraerme; sea leyendo, pensando u observando con detenimiento estas paredes. Creo que es la primera vez, desde hace unos cuantos días, que no he sido consciente del reloj y de este particular transcurso de mis emociones.

Me gustaría saber qué demonios debo hacer yo ahora con tanto tiempo libre. ¿Cómo se cura un corazón roto en verano? Además, es domingo y los domingos son un asco.

¿A dónde puedo marcharme sin que los pensamientos no me persigan? ¿Qué se hace cuando una relación se rompe después de haber vivido ya otras tantas decepciones? ¿Qué hice yo entonces? ¿Cuánto tiempo voy a tardar en recomponerme? ¿Qué libro de autoayuda debería leer?

Me he puesto a buscar una señal o una excusa convincente que pueda ayudarme a amenizar o silenciar las sensaciones que van surgiendo y, antes de que fuese consciente de ello, de esta necesidad inherente, mi mirada se ha posado en el mueble bajo de dos puertas sobre el que reposan el tocadiscos y mi pequeña colección de vinilos.

Una atracción inmediata. Una señal perfecta.

Quizá deba desperezarme y probar a reestructurar mi desorden escuchando algún disco de Astrud Gilberto o de Aretha Franklin. Hace bastante que no les presto atención. Estos vinilos me han acompañado desde siempre y me recuerdan momentos felices de vidas pasadas, así que ¿por qué no? Por suerte, estas canciones no están unidas a personas con las que haya mantenido un vínculo amoroso o una relación de pareja en mi vida. Nunca he querido asumir ese riesgo con ellas, siempre he preferido compartir libros y películas con mis amantes y mis amigos. Me ha resultado algo arriesgado, en cierto modo. Soy recelosa de compartir mis bandas sonoras.

Tengo bien aprendido que congeniar melodías con sujetos importantes de mi historia sentimental es algo conflictivo, pese a ser romántico. Lo he pensado siempre. Las canciones están por todas partes, pueden aparecer en el momento más inoportuno en cualquier lugar: en la calle, en un restaurante, en un anuncio, en el cine... La música es omnipresente y espontánea. Aleatoria. No precisa de demasiada atención. Sin embargo, una historia o un libro no tanto. Hay que sostenerlo e introducirse en él.

Un poema de Neruda no te asalta en un descuido mientras cruzas la calle. Eso no suele suceder. Sin embargo, sí que puedo percibir los acordes lejanos de «Futile devices» de Sufjan Stevens, por ejemplo —que escuché hasta la saciedad en el último viaje que hice en tren mientras E. dormía en mi regazo—, desde la ventanilla bajada de un coche y sentir cómo mi estómago se encoge hasta el tamaño de un guisante.

Me resulta algo injusto. ¿Qué tipo de magia negra es esa? Me gustaría poder decidir si me viene bien o no recordar ciertas piezas sonoras en un momento concreto... Algo que sí puedo controlar con otras artes.

Por eso prefiero crear un espacio íntimo con algunos de mis discos y respetarlos. Hacerlos míos y de nadie más. Intocables.

Sólo para mí y mis recuerdos.

¿Soy rara? Es posible. No hay nadie perfecto.

He sostenido en mis manos *Aretha Now*, en cuya caratula sale ella muy sonriente con un jersey verde pistacho mirando de soslayo hacia el infinito.

Este disco, junto a tantos otros que forman parte de mi pequeña gran colección, fueron un regalo que me hizo mi padre hace ya muchos años, cuando decidió deshacerse de todo, alentado por mi madre, y emprender el rumbo hacia otra parte. Cuando yo era una simple niña a punto de saltar a la adolescencia y todavía no era capaz de asimilar un cambio de esas características, convertirnos en una familia de tres, en vez de cuatro. No entendía absolutamente nada y era feliz. Extrañamente era feliz. Mi hermano, no tanto.

Esta colección de vinilos es parte de mi herencia en vida.

Recuerdo perfectamente a mi padre bailando y tarareando soul abrazado a mi madre en el salón de nuestra primera casa, del hogar de nuestra infancia. —Ese siempre será mi verdadero hogar, el primero. Los demás han sido simples intentos que casi han podido estar a la altura, pero no—. Todos estos discos estuvieron allí y ahora están conmigo. Desde que me independicé, han estado conmigo. Escucharlos es volver a ese momento dulce de la vida, donde todo parecía ser perfecto. Donde no existían problemas y cada día era diversión, ternura y amor.

Mientras observo girar el tocadiscos, he reconocido rápidamente los primeros acordes de «Think» de Aretha. Es perfecta para desterrar esta desidia. No puedo evitarlo. Ese ritmo despierta mis extremidades. Gracias a ella me he puesto a bailar a lo largo de todo el salón emulando esa escena de los Blues Brothers en la cafetería, elevando los brazos hacia el cielo y sacudiendo las manos al compás, cada vez que ella canta «freedom».

Conforme la canción ha ido desarrollándose y yo me he dejado llevar por su euforia, me he dado cuenta de que he transformado la lámpara alta junto al sofá en la figura de E. y hacia ella han ido a parar todos los mensajes directos de las estrofas mientras la señalaba directamente con el dedo. Como si él estuviera allí presente y yo aprovechara para decirle todo eso que permanece silenciado en mi interior y que no acierto a exponer por no encontrar el momento ni la oportunidad. Me siento algo frustrada.

Qué barbaridad.

Al terminar la canción me he encontrado exhausta y me he desplomado en el sofá intentando recuperar el aliento perdido en mis movimientos poco rítmicos y demasiado enérgicos. Tras el silencio, el ruido interno ha vuelto a hacer de las suyas.

El oasis mental ha sido breve. Las siguientes canciones no han logrado evadirme de la misma manera. Creo que necesito más material para transitar la tristeza de una forma sencilla y convencional. Preciso encontrar más formulas, más métodos sencillos, como esto. Seguro que hay más.

¿Magia? ¿Masajes? ¿Comida hipercalórica? ¿Rituales?

Acabo de recordar que, ya la semana pasada, mi amiga Lucía intentó ayudarme a través de su metodología espiritual. Llegó a casa con su kit de «supervivencia post ruptura», compuesto por un estuche que contiene sal gorda, ruda y un montón de cosas y amuletos que, según ella, van a ayudarme en esta nueva etapa a la cual debo presentarme totalmente «limpia» y predispuesta a abrazar los cambios.

—Fabiola, estos días te he notado apagada y limitada, por eso creo que debes empezar a deshacerte de toda la mala energía que llevas impregnada en tu cuerpo. Debes limpiar tu aura y protegerte.

—¿Y eso es lo que voy a conseguir con todo esto? —le pregunté un tanto escéptica.

—Este es el primer paso, son los «primeros auxilios» para que te liberes de todo lo que te sujeta a tu pasado y afrontes tu futuro con una energía renovada.

—Entiendo, pero tal y como me encuentro, creo que necesito algo más que canalizar mi energía y liberarme. Estoy cansada, Lucía. Ser humana es un incordio. Creo que debería renacer. Convertirme en otra persona. O en otra cosa. ¿Puedo elegir ser otra cosa? ¿Un protozoo, tal vez?

—¡Ja, ja, ja! No seas tan fatalista y dale una oportunidad a este ritual. Tú eres maravillosa tal y como eres, simplemente necesitas un pequeño empujón y yo te lo traigo. Me lo agradecerás, estoy segura.

El cofre de la reconversión es una cajita roja de terciopelo con unas filigranas geométricas doradas en los vértices. Exótica y arabesca. O asiática. No lo sé. No me resulta muy atractiva... Lo cierto es que se aparta bastante de mi gusto estético y del ambiente calmado y neutro de mi casa, por eso la había camuflado debajo de unos libros y me había olvidado de su existencia, como hago de costumbre con todo lo que no encaja perfectamente con mi ecosistema natural, ya sean objetos de colores estridentes o personas desagradables y egocéntricas. ¿Es muy evidente que ignoro todo lo que me incomoda?

No sé qué voy a hacer con todos estos objetos una vez reciba la llamada que estoy esperando. En algún momento deberé enfrentarme a ellos y a sus recuerdos.

Todavía no estoy preparada.

Quizá deba darle una oportunidad a este pequeño rito que me ha recomendado Lucía. No pierdo nada por darme un baño y restregarme con sal gorda y ruda, como si fuese un pescado que hubiese que marinar antes de cocinarlo. A fin de cuentas, desde que me he despertado, aparte de reflexionar, leer e intentar promover sin éxito alguna nueva rutina beneficiosa, no he hecho nada más que vagar o bailar por la casa intentando despertar este cuerpo desfallecido y ansioso.

Como nada ha salido tal y como yo pensaba ayer noche, y la madrugada no me ha ayudado, ni siquiera he tenido apetito de desayunar algo. Tengo el estómago cerrado y me he conformado con un café vago e insípido. Vivo en la apatía máxima. Bueno, sobrevivo. Debo hacer algo.

Necesito refrescarme.

Probaré este método espiritual. Cuando termine, escribiré a Lucía para comentarle cómo ha sido la experiencia purificadora. Total, no pierdo nada. Seguro que le hace ilusión saber que he seguido sus consejos. Siempre resulta bienvenido conocer que hemos sido de ayuda y que nos han escuchado. A mí me resulta amable, al menos.

Muchas veces olvidamos que en estos pequeños gestos reside la grandeza de la vida. Todo está en las cosas pequeñas: ese abrazo sincero y profundo tras haber derramado alguna lágrima, esa emoción compartida cuando conseguimos algo importante, esa sonrisa absurda que se nos dibuja en la cara la primera vez que alguien nos dice que nos ama, ese «te echo de menos», esa anécdota bochornosa llena de risas y vergüenza ajena, esa conversación constructiva y sincera... No quiero dar por sentada nuestra amistad. Se lo agradeceré aunque no surta efecto. Lo que cuenta es el detalle.

Hace no tanto, mi amiga Lucía también sufrió grandes cambios en su biografía. Más allá de un punto de inflexión como el mío, me atrevería a decir que mudó de piel. Por completo. Como los lagartos.

Teniendo en cuenta la magnitud de su evolución, mis circunstancias son prácticamente una anécdota. No es comparable. Lucía era una abogada de éxito que, en mitad de su vida, tras una aventura con su profesor de yoga en la que se enamoró perdidamente de él, lo dejó todo —trabajo, casa, pareja— para convertirse en guía espiritual. Una transformación radicalmente opuesta a su trayectoria. Una de esas que deja a todo el mundo con la boca abierta, asombrado.

—Lucía, ¿cómo va ese cambio de vida?

—Ay, mi Fabiola. ¿Sabes? Esto es lo mejor que me ha sucedido nunca, me siento totalmente realizada. ¿Te lo puedes creer? Soy consciente de que aquella otra vida era mucho más segura, pero no me aportaba nada. Estaba terriblemente triste y no me había dado cuenta. Doy gracias por haber descubierto este camino de paz y luz, mi verdadera vocación.

—¿Y no echas de menos nada de tu pasado? No sé, tu casa, tu seguridad, tu pareja... —Le pregunté con inusitada curiosidad.

—¿Yo? Nada. No echo de menos nada. Te lo prometo. ¿De qué sirve tenerlo todo si por dentro te sientes totalmente vacía?

—Ya, pero ¿no eras feliz?

—Sí, era feliz. Bueno, creía que lo era. Ahora he descubierto la verdadera felicidad, una mucho más grande y desconocida para mí. Vivo en otra dimensión. ¡Quién lo iba a decir! Mi propósito vital es guiar a los demás para que encuentren su camino.

—¿Y no te parece una locura?

—¿Una locura? —Lucía me miró fijamente—. Una locura hubiera sido seguir como estaba y no haberme atrevido a vivir y experimentar la historia de amor más profunda y enriquecedora que he tenido en toda mi vida, porque gracias a ella ahora tengo una verdadera razón de existir.

—Entonces, ¿todo esto es el resultado del amor?

—No, no considero que sea así... El amor ha sido el canal que me ha llevado a explorar todo lo demás; el resultado surge de haberme revelado a través de él. Gracias a él he conocido mi propósito. Estaba escrito en las estrellas.

—Qué interesante, Lucía. Ya sabes que a veces soy un poco escéptica. Te confieso que desde mi punto de vista todo me parece una locura. Una locura magnífica y totalmente admirable... Y valiente, claro. Yo no creo que fuese capaz.

Tras aquella conversación fui consciente de que por amor se pueden llegar a hacer verdaderas locuras —y con esto no quiero insinuar que Lucía esté loca, en absoluto— que nos descubren pasajes ocultos en nuestros anhelos y nos motivan a tomar decisiones que ni siquiera nos habíamos planteado. El amor es la llave maestra capaz de abrir todas esas puertas por las que a veces nos da miedo asomarnos. Eso es lo que me atrevo a pensar con la historia de Lucía.

Yo también he sufrido de algún que otro delirio amoroso, aunque no de la misma índole. Mis locuras fueron más bien trastornos de personalidad aleatorios. Cosas que se hacen por amor, o por ser idiota, pero sin giros vitales, no de tal magnitud.

Con el deseo de sentirme amada, yo he llegado a memorizar y aprender todas las películas de los directores de la nouvelle vague y sus actores. Desde Truffaut hasta Godard, pasando por Rohmer. He sido capaz de visualizar *Los cuatrocientos golpes*, *Jules y Jim*, *Al final de la escapada*... Películas de culto que yo no llegaba a comprender del todo, pero que suponía que me ayudarían a no sentirme intelectualmente inferior a ojos de un chico que me encantaba y que estaba obsesionado con Anna Karina. Yo lo estaba de él.

He llamado a la casa de algún otro en plena madrugada, suplicando unos minutos de atención y un beso —estaba ebria, evidentemente, pero a pesar de esto la situación me sigue resultando realmente bochornosa—; me he comprado ropa interior sexy en un mercadillo para sorprender a un sujeto y terminado con el cuerpo lleno de arañazos por la fricción de las costuras; pagado unos billetes de avión a Suecia después de una noche candente, mentido sobre mi edad, bailado desnuda en una playa, escogido la ruta más larga hasta el trabajo para coincidir con el ligue de turno...

No son grandes locuras, pero dentro de mis circunstancias vividas y atendiendo a mi personalidad algo tímida, lo son. Inocentes, tal vez, pero lo son. Doy gracias a que nunca he accedido a tatuarme el nombre de nadie o a tirarme en parapente. Versos románticos y cartas sí que les he escrito. Pero nunca una canción.

Uff. Menos mal.

Pensándolo bien, siempre he sido bastante comedida a la hora de enfrentarme a los afectos y sus vivencias. Sin embargo, si rebusco un poco más en la memoria, temo observar que algunos capítulos de mi existencia y no pocos cambios realmente importantes han estado propiciados por el amor. La diferencia estriba en que, en mi caso, esos giros los provocó la ausencia o la pérdida del amor. Se fraguaron desde el desamor.

Mmm... ¿Es que acaso no son el amor y el desamor la misma cosa? ¿Debería estudiar la idea de que yo también he cometido locuras amorosas? ¿Por qué sólo encuentro motivos suficientes para efectuar cambios cuando tengo el corazón roto? ¿Por qué no me atrevo a perseguir mis sueños desde la comodidad del amor?

Tal y como me siento, mejor dejar todas estas preguntas para otro momento. Ahora es demasiado. Me encanta regodearme en mis heridas.

Teniendo en cuenta la importancia del giro vital de Lucía, lo más probable es que la magnitud de aquella experiencia despertarse en su interior una parte aletargada o desconocida para ella hasta esa fecha. Algo muy potente que ni siquiera el amor es capaz de despertar por sí sólo. Me niego a creer que no sintiera de antes cierta incomodidad hacia su vida, pues toda esa maniobra de reestructuración es muy difícil de llevar a cabo sólo por amor. Tuvo que haber algo más... Pero, si me ciño a los hechos por orden cronológico, me cuesta comprender que su relación no fuese el detonante o la excusa que nunca había encontrado anteriormente.

Lucía siempre había demostrado ser una mujer totalmente cuadriculada y metódica. Feliz. Diligente. Estupenda. Con una vida prácticamente hecha y bien gestionada —a ojos ajenos—. Felizmente casada y con una casa en propiedad. Constante. Directa y muy organizada. Con sus pequeñas sombras, claro, pero un ejemplo a seguir dentro de esta sociedad limitante en la que vivimos.

Tras conocer a su amante en secreto, empecé a observar en ella algunos cambios que culminaron en un retiro en Bali de tres meses para «conectar con su parte más primitiva, más pura» y, así, aliviar las presiones y el estrés que sufría en el trabajo. Me llamó la atención, pero poco más. A todos nos gusta vivir de vez en cuando algo exótico y diferente que nos aporte un poco de diversión o conocimiento.

Tras aquella experiencia, Lucía volvió como un «ser de luz» —su nombre ya presagiaba algo— radicalmente opuesto: alguien diferente que rehuía cualquier tipo de horario o compromiso, libre, casi etéreo, que vivía enfocado en la espiritualidad del ser y está interesado en el crecimiento personal, la naturaleza y los rituales.

Increíble.

Su regreso supuso una ruptura total con su realidad en todos los aspectos, para asombro de quienes se encontraban a su alrededor, y se concentró en el amor incondicional que sentía hacia aquel instructor de yoga. Un amor desde la admiración más absoluta.

Nunca lo hubiera imaginado. Fue juzgada y perseguida. Incluso hubo quien especuló con que había sufrido un trastorno mental tras ingerir alguna sustancia alucinógena... Pero nada de eso. Simplemente, despertó.

Lamentablemente, el amor que experimentó junto a su nuevo compañero no duró más de dos primaveras: el tiempo suficiente para que él la invitase a expandir su mente y abrir su relación de pareja hacia «nuevas almas». Algo a lo que ella, pese a su nueva apertura espiritual, se negó en rotundo desde el primer momento, porque, según sus palabras:

—Si, como él dice, ser emocionalmente superior, una estrella de luz canalizadora, conlleva vivir pensando que mi pareja puede estar intimando con alguien más en cualquier momento, prefiero mantener el mismo nivel cognitivo y emocional de un ficus, pero vivir tranquila.

Y le dejó.

Y emprendió una nueva vida desde cero. En otra casa, en otro lugar, con otro trabajo y en soledad. Con otra piel.

Más feliz que nunca.

No creo que le fuese fácil a Lucía asimilar aquella ruptura —nunca deja ver su verdadero interior, enfundada en buenos propósitos y ayuda hacia los demás—, pero no puedo negar que aquella experiencia le brindó la oportunidad de transformarse en lo que es hoy y que, de no haberla vivido, desconocería por completo su verdadera esencia. Ahora es feliz. Yo la veo más feliz que nunca.

En ocasiones, hay que dejarse abrazar por el destino y ver a dónde nos lleva.

Desde entonces, ella se ha convertido en uno de mis referentes ante los cambios, además de ser mi distribuidora holística y mi guía espiritual de herbolario y ondas magnéticas.

Siempre tiene mil soluciones y consejos para todo tipo de males.

—Fabiola, creo que deberías comenzar a meditar. Te vendría muy bien. ¿Qué te parece iniciarte en el Hatha yoga? ¿O el Kundalini, tal vez? Con cualquiera de estas prácticas puedes conseguir reducir el estrés que llevas acumulando todos estos meses.

—Lo sé. Me lo has comentado alguna vez y es algo que he intentado probar en varias ocasiones sin éxito...

—Debes volver a intentarlo. Debes encontrar tu estilo de meditación ideal. Comienza con sesiones cortas, de cinco o diez minutos. Localiza un espacio tranquilo. Busca una postura cómoda y mantén la atención enfocada en la respiración...

—Es que mi respiración ahora mismo también me pone nerviosa...

—¡Ja, ja, ja! Inténtalo, Fabiola, de verdad. Hazme caso. Cuando lo consigas te sentirás realmente bien dirigiendo la mirada hacia tu interior. Te sentirás en paz...

—Ay, Lucía es que me cuesta mucho...

Meditar no es lo mío. No consigo quedarme quieta durante mucho tiempo y en movimiento siempre pierdo el equilibrio. Soy torpe. Puedo contar hasta diez o visualizar colores cuando intento dormir pero poco más. Siento que no conecto con lo que debería conectar. Mi cable está pelado y no genera chispa... Y es curioso porque soy consciente de mi sensibilidad y no debería tener problemas para adentrarme en mi interior siguiendo unas pautas... No debería, no, pero me resulta complicado porque siempre hay algún estímulo que me desconcierta..., y esto me frustra. Siempre busco la perfección, y no alcanzarla me estresa.

Meditar, paradójicamente, me estresa. ¿Cómo es posible? Toda yo soy una gran paradoja.

Por ese motivo, prefiero comenzar por descubrir esta caja roja de la reconversión o «supervivencia post ruptura» para añadir un nuevo ritual a mis habituales tradiciones de corazón roto —mucho más mundanas y consumistas—, consistentes en: comprarme un trozo de tarta, ir a darme un masaje, fustigarme releyendo mensajes o mirando fotografías, distraerme con historias absurdas, comprobar todos los horóscopos posibles y las compatibilidades entre signos del zodíaco —para ver en qué he podido fallar, si es que hay algo, aunque sea tarde— y ver documentales de alguna biografía interesante.

Cualquier cosa que me ayude a pensar menos en mí, en la impotencia que arrastro, en mi saco de culpa y en lo que está sucediendo es bienvenida.

Por suerte, ya he pasado esa fase en la que llamas a toda tu gente más cercana para informar de los hechos con toda clase de detalles, desde el primer encuentro —como en una obra de teatro—, hasta hoy.

Hoy en día, mi drama ya está escrito y opinado por los mejores críticos en la materia, mis amigas, aunque ahora es diferente. En esta última función he añadido nuevas escenas que quedaron fuera del guion original... Para esta ocasión he ido desgranando asuntos omitidos, más o menos importantes, que no había mencionado anteriormente por temor a que fueran ciertos...

O por miedo a ser juzgada.

Me refiero a esas cosas personales y comprometidas que nunca suelen comentarse en voz alta para no otorgarles la importancia que realmente tienen.

No sé por qué necesito ponerle palabras. No sé cuál es mi intención. O sí.

Compartir lo sucedido me ayuda a darle algo de perspectiva. A procesar y comprender. A liberar todas las emociones. A encontrar la lección o el significado —que lo tiene, salvo que todavía no soy capaz de encontrarlo—. A intentar planificar el futuro, de alguna forma, y saber que puedo seguir adelante. A consolarme. A sentirme acompañada.

La mayor parte de los mortales necesitamos expresarnos y sentirnos escuchados, esa es la verdad. Y yo, en los últimos años, me he sentido algo menospreciada en ese aspecto. He silenciado muchas cosas. Quizá ese sea el motivo por el que preciso expulsar lo anestesiado y darle forma.

Algunas personas, sin embargo, ante el sufrimiento y el dolor, se aíslan. Se recluyen en su cueva y no abren la boca.

No comunican nada a nadie. Se refugian en sí mismas. Se fabrican una crisálida a base de ausencia y permanecen en ella hasta que se observan convertidos en mariposa y salen totalmente reformados. Es asombroso.

No es mi caso.

La reclusión total es algo inimaginable. La hibernación no es una salida. Yo necesito verbalizar y exponer mis temores con aquellas personas en las que confío, en un ejercicio de búsqueda de una explicación que me alivie, me retire el aire viciado y me ayude a cauterizar las heridas. Esa es la verdad.

Necesito respuestas. Todas. No me vale sólo con algunas.

Preciso consuelo y algo de compasión.

Soy de esa clase de persona que acude a aquellos con ánimo de escuchar, porque sabe que en sus brazos encontrará todo lo necesario para continuar —u otros puntos de vista no tenidos en cuenta—, y a su terapeuta —con el mismo fervor con el que se visita una Santa Reliquia: rogándole ayuda y salvación—, cuando el asunto se antoja demasiado complicado de digerir.

Todo lo que me incomoda se presta a ser debatido, sentenciado y estudiado por toda aquella persona que considero válida. Así de simple.

El cambio de paradigma que sobrevuela mi vida —por pequeño que aparente ser— precisa de lucidez y buen enfoque. De buenos cimientos. De reflexión. De ilusión... Pero, después de estas cuatro semanas, lo he hablado todo tanto y con tantos personajes distintos que ya me resulta arduo escucharme con lo mismo una y otra vez. Es agotador.

Me aburro. Parezco un disco rayado.

Algunas palabras, cuando se repiten hasta la saciedad, parecen perder su intención y su sentido. Incluso las que son ciertas terminan hartando...

Procuraré buscarle algo de sentido a lo que queda de día, tras frotarme la piel con sal gorda e incienso, refugiándome en algún libro e intentando dar algún pequeño paso. Uno sólo. El que sea. No necesito que sea grande. Cualquier movimiento me servirá para salir del punto en el que me encuentro en este caluroso domingo de verano.

Voy a intentarlo.

Quizá sea un buen momento para sacar mi caja de acuarelas y ponerme a dibujar. ¿Por qué no?

Creo que esa puede ser mi forma de meditar, a fin de cuentas, a través de la expresión artística también se puede canalizar todo aquello que nos enreda el corazón.

— 3 —

Creo que los lunes, en su papel de primer día o como cualquier comienzo de algo, suelen contener las claves del devenir semanal. Normalmente, atendiendo a su naturaleza, suelo vislumbrar el futuro de lo próximo como si tuviera una bola de cristal.

Hoy no es un lunes cualquiera y eso me desconcierta.

Hoy es lunes y no trabajo.

Hoy es lunes, no trabajo y estoy de vacaciones.

Hoy es lunes, no trabajo, estoy de vacaciones y desanimada.

Agh. Creo que estaría mejor en otra parte.

En estas últimas semanas he intentado aliviar la angustia vital que suele seguir a cualquier decepción concentrándome en el trabajo, dedicándome a sacar adelante mi proyecto, reconduciendo la energía negativa hacia lo que reconozco que me hace feliz o, al menos, sirve para algo, pero me ha resultado casi imposible llegar a un nivel de concentración óptimo sin que las emociones no me sacudieran en algún momento, y no me ha quedado más remedio que dejarlo de lado un par de semanas.

De ahí mis vacaciones forzosas. ¿Hay algo más triste que unas vacaciones no deseadas?

Durante esos días constantemente sentía que estaba ocultando y amordazando mis emociones en presencia de personas como clientes, proveedores y colegas... De hecho, en numerosas ocasiones me vi obligada a retirarme con alguna excusa y a reprimir el llanto cuando los recuerdos congestionaban mi mente; con tal de no interferir en el trabajo de los demás con mis historias... Y esto es algo realmente agotador e insano.

Siempre he defendido la idea de tener la libertad de ser auténtica en cualquier situación, pero he descubierto que, como muchos, tengo excepciones e incoherencias. El trabajo es una de ellas.

En eso consiste la vida adulta la mayor parte del tiempo, en tratar de disfrazar nuestros sentimientos en el entorno profesional —o en cualquier otro lugar— para evitar que se ponga en duda nuestra valía. No sea que piensen que nuestro corazón nos impide ser competentes, o que descubran que realmente no somos un robot autómata de última generación.

El único inconveniente de reprimir las emociones es que, al final, estas pueden enquistarse si no se abordan a tiempo, lo que supongo que puede explicar el hecho de que tantas personas sufran ataques de pánico o dolores agudos de espalda: es su cuerpo gritando que algo por dentro no va bien.

Pensé que mi pasión por mis proyectos podría aliviar las circunstancias y no ha sido del todo así.

Confieso que mi fórmula habitual para mitigar el dolor y distraerme de la realidad es mi trabajo, me dedico fuertemente a mi proyecto, me apasiona y me considero afortunada. Descubrir mi verdadera vocación fue difícil, y llegar hasta aquí ha requerido un esfuerzo considerable...

La creación e impulso de mi proyecto me anima y me regala una motivación extra cuando todo lo demás se tambalea.

En el refugio de la creatividad no hay complejos, dudas ni conversaciones incómodas pendientes, sólo hay entusiasmo a raudales... Por eso, mantengo mi compromiso y busco evolucionar con él. Me siento realizada con lo que hago, tengo un propósito y, mientras me concentro en mis tareas, consigo apartar la mente de las preocupaciones. Normalmente me distrae.

Me ayuda a conseguir un poco de «ruido» cuando me da miedo escucharme.

No soy la única.

La gente utiliza un montón de actividades disuasorias para no prestar atención a lo importante: unos se obsesionan con sus entrenamientos y otros se apuntan a todo tipo de actividades y talleres. Hay quien prefiere distraerse enlazando citas y asistiendo a todas las fiestas y eventos posibles... En otros casos se apuntan a clases de baile o de cerámica o de lo que sea.

O se vuelven extremadamente espirituales.

O se dan la vuelta al mundo.

O peor, se refugian en los estupefacientes.

Existen miles de cosas que, llevadas al extremo, se prestan a actuar como analgésico. Tantas como mentes.

Alguna vez he leído por ahí eso de «¿La cura de una obsesión? Consigue otra». Y pese a que tiene un regusto un tanto envenenado, puedo entender que esta recomendación contenga cierta verdad.

No es mi intención juzgar si es saludable o no volcarse con excesiva devoción en actividades disuasorias... No soy quién. Sólo son ideas aleatorias que sobrevuelan mi mente. Ahora mismo no puedo pensar con claridad porque soy una ignorante con el corazón partido que necesita mirar hacia el futuro.

Supongo que la clave de toda esta cuestión estará en encontrar el equilibrio entre lo que podríamos considerar como un ruido ensordecedor y una melodía entretenida.

Para mí, centrarme en mis quehaceres, generalmente, me inspira, aunque últimamente lo utilizo como tapadera, invirtiendo todo el tiempo libre posible en no tener tiempo libre.

Me involucro enteramente en mi trabajo, en mi propósito, porque es mi pasión y porque, además, cualquier energía enfocada en su desarrollo es amortizable. Dos por uno.

¿Es mi gran excusa? Probablemente.

Pero no siempre.

Me siento bastante orgullosa de mi carrera hasta la fecha.

Soy diseñadora de moda y poseo mi propia marca y atelier de novia, Fablier —un apocope entre «Fabiola» y «atelier»—, que suena muy francés y, paradójicamente, puede traducirse al castellano como «fabulista», alguien que narraba historias en la Edad Media.

Cuando descubrí este significado tuve la sensación de que todo encajaba a la perfección porque llevo media vida escuchando que hablo demasiado, aunque yo considero que no es así, que simplemente tengo muchas cosas que contar y compartir.

Fablier es mi sueño hecho realidad.

En ese pequeño gran taller es donde paso buena parte de mi tiempo. Ahí diseño, creo y confecciono para vestir a personas maravillosas.

Me encanta refugiarme entre tejidos, alfileres y patrones, es mi patio de recreo. Mi refugio. Mi esencia.

En este universo repleto de maniquíes, planchas de vapor y máquinas de coser, las horas pasan volando —en ocasiones me abstraigo tanto que se me olvida hasta alimentarme—, pero vista mi ausencia total de motivación en estas últimas semanas, he tenido que imponerme un paréntesis mental y físico para buscar algo de claridad: unas vacaciones de verano.

A veces no queda más remedio que resignarse ante la evidencia de que una no tiene la mente donde debería, por mucho que se empeñe en negarlo... Y este parón forzado es algo que mi cuerpo y mi mente estaban reclamando a gritos para no caer enferma por desilusión, por desamor.

—Fabiola, últimamente siento que no soy feliz a tu lado, que no formo parte de tu vida. Te noto todo el día preocupada y cansada. No tienes tiempo para mí. Lo he estado pensando y creo que lo mejor es dejarlo. No puedo seguir así. No soy tu prioridad.

Estas fueron las palabras exactas que incendiaron todo mi universo esta última vez y que sobrevuelan mi mente constantemente.

Todos hemos sufrido por amor en algún momento de nuestra vida. Cualquiera que haya estado enamorado alguna vez ha sido testigo de los estragos emocionales que causa este sentimiento, independientemente de si ha sido correspondido o no, y de sus consecuencias algo amargas.

En esta ocasión, me las han pronunciado a mí, pero en otras he sido yo la causante de que vagara aun otro corazón roto por el mundo.

A fin de cuentas, todos hemos causado destrozos en alguien alguna vez, a veces de manera consciente y otras sin tener la más remota idea.

¿De cuántas decepciones seremos responsables sin ser conscientes de ellas? ¿A cuántas personas se les encogerá el corazón al pronunciar nuestro nombre?

Aun así, la esencia del amor es algo tan grande que no concibo una vida sin él. No contemplo una existencia carente de emoción y ternura. De cariño y sustento. De ilusión y compañía.

Aunque nunca hubiese imaginado el resultado de mi historia con E. y de toda la revolución y cambios forzados que está desatando su marcha, me niego a pensar que no vaya el amor a estar nuevamente presente en mi vida dentro de un tiempo.

Será de otro modo y con otro nombre, pero sucederá. Yo confío.

De momento voy a dedicar los próximos quince días a descansar, recoger mis bártulos y poner en orden todo este barullo de decisiones que he ido postergando —con pleno conocimiento de causa pero nula capacidad de entrega total—, algo que no me ha sido posible hacer hasta ahora, cuando por fin he impuesto un poco de cordura en toda esta maraña de sucesos y decepciones y me permito vislumbrar una nueva oportunidad. No puedo pasarme la vida llorando a escondidas en un almacén. No es mi estilo.

Ahora ya no hay marcha atrás. Me concedo una tregua...

Y necesito una llamada.

Pese a no ser la primera vez que algo perturba mi existencia —ya van unas cuantas historias escritas a lo largo de mi biografía—, cada nuevo capítulo surge como consecuencia de un conflicto —interno o externo— y, como en todo buen libro, ese espacio en blanco que queda entre sus saltos de página —esta ruptura— debe ser la antesala de algo grande. Aunque me duela ahora, presiento que será especial y necesario.

Me niego a regocijarme en mi desdicha. Intuyo que hay algo más.

Me lo repito mucho, lo sé. Pero sólo así terminaré creyéndomelo.

Según el último libro de autoayuda que cayó en mis manos —y que fui incapaz de resistir más allá del segundo capítulo—, lo ideal en casos como el mío —post rotura de corazón— es desconectar por completo y crear nuevas rutinas.

Ojalá fuera así de fácil.

En otras circunstancias me hubiera encantado bajar la persiana del taller el primer día que E. mantuvo ese terrible monólogo conmigo y, acto seguido, difuminarme entre la gente, rebotando correos y llamadas telefónicas con un mensaje de «vuelvo en unos días» en varios idiomas, pero la idea de dejar a un lado mi negocio durante tanto tiempo es inviable. Hay mucho por hacer —siempre existen cosas por llevar a cabo— y poco tiempo que perder.

El equipo de trabajo que conforma Fablier es muy pequeño —minúsculo— para el gran volumen de tareas que solemos soportar.

Mi modesto taller está formado por dos costureras —que contrato dependiendo de la cantidad de encargos—, una patronista —que viene una vez por semana—, una dependienta —a media jornada—, mi ayudante y yo.

Somos como una banda de rock. Cada una con su instrumento y un talento. Cuando una falla es difícil que otra la pueda suplir. Aunque me cueste admitirlo, todas somos imprescindibles y cualquier variación o ausencia suele suponer un pequeño dolor de cabeza.

Dado mi papel de jefa y líder de este grupo —como vocalista principal, la que se enfrenta a los micrófonos—, de haber desatendido mis obligaciones desde el principio hubiera surgido un verdadero caos... Así que ahora que ya he dejado todo más o menos organizado, no les va a quedar más remedio que utilizar el Playback durante estos días. Eso y mi holograma.

Tengo vértigo, igualmente.

Encontrarme lejos de mi universo un día como hoy, un lunes, me resulta extraño, pues es el momento en que solemos recibir las labores externas, ordenamos los encargos y tejidos y fijamos los objetivos y tareas de la semana.

Estoy algo inquieta por ello, aunque no sabría decir si estos nervios son fruto de la realidad o de esta ansiedad que arrastro.

Nuestra «banda» se reúne diariamente en un precioso local de techos altos que parecía caerse a pedazos cuando lo descubrí —¿cuánta mugre se puede albergar entre cuatro paredes?—, pero poco a poco, a base de cariño y diferentes reformas —y de una deuda algo elevada. Los sueños no son gratis. Es una pena— ha ido ganando luz, color y comodidad.

Tras todo aquel esfuerzo inicial, ahora es un verdadero atelier. No una cueva con goteras y humedades.

Es maravilloso observar en lo que pueden llegar a convertirse las cosas con un poco de cariño y voluntad. Ver cómo evolucionan y se afianzan los sueños conforme el tiempo discurre es algo muy gratificante.

Ojalá sucediera lo mismo con algunas personas... Ojalá pudiésemos interferir en su evolución a base de ternura, cambiando aquellas últimas palabras que recibí por un:

—Fabiola, últimamente te siento algo desconectada en nuestra relación y me preocupa. ¿Va todo bien? ¿Hay algo en lo que yo te pueda ayudar? ¿Qué necesitas? ¿Crees que lo podemos solucionar juntos?

Algo así hubiese sido mucho más amable. Más maduro... Sin embargo, no me dieron opción. No existió afán de solventarlo... Lo que me produce una terrible sensación de culpa y malestar.

¿Cuándo no fue E. una prioridad para mí? ¿Acaso no debería tener ninguna otra? ¿Debe ser siempre nuestra pareja nuestra prioridad? ¿A qué demonios se refería con aquello de la prioridad?

A veces se pueden decir muchas cosas con muy pocas palabras. Lo único que ha conseguido reafirmar todo esto es aquello que en otras ocasiones he intuido: una extraña dependencia de E. hacia mí, cierto apego inseguro. Algo que he intentado cambiar a lo largo de estos últimos cinco años de mi vida, a base de demostraciones de afecto y cuidados, sin éxito.

No podemos cambiar a nadie.

¿Alguien se cree capaz de semejante hazaña?

No es posible.

Podemos ayudarle a crecer, le podemos apoyar, respetar, acompañar, comprender y escuchar.

Amar, en pocas palabras...

Y, a veces, todo ese amor también implica tener que dejarle marchar porque no es suficiente.

Así es como me atrevo a definir la intención del amor que yo le he profesado a E. Tan sincero y real que incluso soy capaz de aceptar las circunstancias, aunque me duelan.

Nunca hubiera pensado que este pequeño atelier pudiese tener tanto potencial. Observándolo con perspectiva, resulta sorprendente.

La imagen final de una gran ambición suele sentirse como inalcanzable e inasumible... Por eso no es fácil imaginarse el resultado. Sin embargo, cuando dejamos de lado la meta final y, simplemente, vamos trabajando cada día un poco en ello, lo imposible se convierte en asumible, en realidad... Sólo se precisa de paciencia y perseverancia. De mucha paciencia y perseverancia.

Por eso, siempre pienso en grande, tan grande como mi imaginación pueda alcanzar. ¿Acaso no merezco sueños increíbles? Si no los alcanzo, no importa; el resultado seguirá siendo algo inmenso y superará cualquier meta asumible a primera vista. Algún día me convertiré en una diseñadora referente. Claro que sí. Lo manifiesto.

Aún sigo fascinada con todo lo que he sido capaz de hacer y crear hasta hoy. Este taller tiene alma y contiene todo lo que soy.

Es justo y tal como lo imaginé.

Mi maravilloso espacio está dividido en varias zonas.

La entrada, un espacio amplio y luminoso, con suelos de mármol en damero blanco y negro y paredes pintadas de un verde claro muy elegante, es la zona de la boutique. Aquí es donde exponemos los vestidos disponibles y tenemos el probador, además de una mesa antigua que hace las veces de mostrador.

Unas puertas a la derecha brindan acceso al corazón creativo del taller. Primero se encuentra la oficina, con mi escritorio y el de mi ayudante, habitualmente repletos de papeles y montañas de muestrarios, y también un gran espejo forrado casi en su totalidad de referencias y bocetos. A continuación se sitúa la zona de corte, que dispone de una mesa enorme de metal donde suele trabajar la patronista que nos visita dos veces por semana y en cuyos bajos se esconden cientos de tejidos.

Le sigue el espacio de las costureras, con sus máquinas de coser —separadas por un pequeño tabique de metal acristalado que insonoriza un poco su traqueteo laborioso— y en cuyo suelo se amontonan retales e hilos; y, por último, un minúsculo aseo y un almacén con gran altura donde se guarda todo lo inservible y lo realmente valioso. Allí está todo. Lo que no quieres que se pierda o se destruya en un descuido y lo que no sabes dónde demonios guardar. Desde los mejores tejidos hasta los encargos terminados, pasando por maniquíes desmembrados u obsoletos y percheros cojos y chirriantes.

Ese habitáculo es un depósito de sorpresas. En ciertas ocasiones, lo visualizo como el interior de algunas personas. Allí, en el centro de su ser, en lo más profundo, su almacén personal, se encuentra todo lo importante: lo más fascinante y embriagador junto a lo defectuoso. El único inconveniente es que, para acceder a lo que realmente merece la pena, se debe transitar, guste o no, por todo lo demás, que a veces es innecesario y superficial. Es una lástima, pero no hay otra opción. En Fablier, tampoco.

Todos estos espacios están conectados entre sí por unas puertas correderas que se deslizan como en los grandes armarios y me ayudan a esconder de los ojos curiosos el desorden natural de su interior en pocos segundos. Las de la entrada están pintadas del mismo tono que las paredes, por lo que quedan totalmente mimetizadas con el espacio.

Aunque en las entrañas todo ande sumido en el caos, cuando se desliza la puerta, desaparece. ¡Tachán! Es maravilloso. Todo aparenta calma con poco esfuerzo. A pesar de que el desbarajuste continúa estando ahí, no existe evidencia alguna. Lo mismo sucede con unas buenas gafas de sol o un buen corrector de ojeras, otro tipo de barreras físicas que utilizamos para ocultar ciertos desastres.

Espero que no tengan que utilizar demasiado este recurso en mi ausencia, porque significará que todo marcha bien. No tiene por qué suceder nada anormal, en realidad.

Para mi tranquilidad, he dejado todo en manos de Olivia, mi ayudante, mi mano derecha.

Ella es maravillosa y espero —y deseo, fervientemente— que sea totalmente capaz de sortear los contratiempos que puedan surgir durante estos días. Muy capaz.

Olivia me ha demostrado su valía en numerosas ocasiones, no existe un motivo por su parte que pueda desequilibrar mi confianza, sin embargo, algo en mí siempre se percibe inquieto cuando me separo de mi proyecto. No puedo evitarlo. Me cuesta muchísimo delegar y permanecer ajena —aunque sean sólo unos días— a lo que pueda suceder en manos de alguien que no soy yo.

Todo esto me supone otro gran ejercicio mental —añadido al de mi tristeza transitoria.

Para qué negarlo, tengo tendencia a ejercer el control absoluto sobre los proyectos —que yo prefiero definir como excelencia—, y no estar presente me incomoda, pero no me queda más remedio. Lo he acabado aceptando.

Mi ayudante es un tesoro. Olivia es jovencísima, creo que no llega a los veinticinco años. A veces tiene la cabeza en las nubes y se entretiene con cosas sin sentido para una mente tan estructurada como la mía; le encanta hacer figuritas de personajes con crochet y ver vídeos de japonesas maquillándose con mil artilugios, pero más allá de sus aficiones e intereses, me embelesa su actitud. Es muy positiva, siempre está dispuesta a aprender y no se anda con rodeos, cualidad fundamental para tratar con algunos proveedores.

Aún sonrío cuando rememoro la conversación que mantuvimos por primera vez, en la entrevista de trabajo.

—Dime, Olivia, ¿qué tipo de experiencia tienes en el mundo de la costura?

—Después de mi terminar mi formación profesional realicé prácticas en varios talleres hasta que terminé sus contratos —me contestó algo compungida—. Llevo conviviendo con agujas desde que nací y conozco muchos de los entresijos de la moda. Mi madre y mi abuela son bordadoras.

—Ah, ¿sí? Qué interesante. Siempre me ha parecido fascinante el universo de los bordados, algunos son verdaderas obras de arte... ¿Continúan trabajando en ello?

—Sí, pero ya no existe el mismo volumen de trabajo que hace algunos años. Ahora casi todo este tipo artesanías se realizan a máquina. Una pena...

—Lo sé. Lamentablemente, es complicado poner en valor el trabajo artesanal, falta conocimiento e interés por parte del consumidor...

—Sí... Y aunque exista dicho interés, está muy mal remunerado...

—Sé de lo que me hablas... Por cierto, ¿qué crees que podrías aportar a nuestro taller?

—Mmm... —Olivia se quedó pensando menos de tres segundos—. Bueno, diría que ¿frescura?, como soy joven... No sé. La moda es mi pasión. La nupcial no tanto porque yo no creo en esto de los «para siempre» y no creo que me case —me comentó de manera directa, honesta y contundente, algo que me cautivó y me pareció heroico por su parte—, pero sigue siendo una rama en la que se pueden hacer diseños más locos, que se salgan de todo lo demás, que es tan estandarizado y aburrido...

—¡¿«Más locos»?!... ¡Ja, ja, ja! —Me hizo reír con su expresión.

—A ver, sí. No quiero que se me malinterprete. Locos en el sentido de «arriesgados», con tejidos diferentes y patrones especiales... Esas cosas...

—Vale, vale. Tienes razón. Aquí los únicos límites son los presupuestos de nuestros clientes. Todo lo demás es creatividad en estado puro.

—¡Exacto! —exclamó entusiasmada—. ¡Creatividad!

—Sí... Pero además de ayudarme en los procesos creativos, deberás tener en cuenta que en el taller existen miles de cosas que hacer, y que ser mi ayudante conlleva mucha responsabilidad...

—Sí, sí. Yo sé hacer muchas cosas y cuando no las sé, las aprendo. Soy rápida.

Y decidida. Me encantó su voluntad.

—De acuerdo... ¿Algo más que quieras aportar?

—No sé. Tengo muchas ganas de trabajar. Me gustaría formar parte de tu proyecto porque me gusta lo que haces y me encantaría aprender de ti. ¿Te sirve? —En la cabeza de Olivia no existen las palabras prohibidas ni los dobles sentidos. Me recuerda un poco a mi madre.

—¡Me sirve! Y, dime, ¿cuándo te gustaría empezar? ¿Cuándo crees que podrías incorporarte al equipo? —Creo que ha sido la decisión más rápida de mi vida.

—¡Ah! ¿Eso es que el puesto es mío? Pues no sé... ¿Mañana? Bueno, esta tarde tampoco tengo mucha cosa que hacer... ¿Quieres que me quede y me explicas?

Y así me conquistó. Fue un flechazo. Yo funciono a base de corazonadas y esta fue una. Creo que acerté.

Puede que Olivia aparente no tener mucha iniciativa, a priori, pero imagino que tiene miedo a cometer algún error. Supongo que de momento prefiere esperar a recibir órdenes que lanzarse a la aventura y criticar mis diseños, aunque cuando le pido opinión es sincera. ¿Quién no ha estado en su lugar alguna vez? ¿Acaso alguien ha venido ya aprendido y seguro de sí mismo desde su casa?

Lo bueno es que sabe desenvolverse muy bien en este mundo de tejidos y agujas —y de personas indecisas y extremadamente volátiles, en ocasiones—. Es responsable y coherente.

Si alguna vez nos toca quedarnos fuera de la hora de cierre rematando detalles o esperando a alguna clienta que llega tarde a su cita, nunca pone objeción alguna.

Yo se lo agradezco, claro.

Es tan amable que me siento en deuda con ella constantemente y procuro que esté feliz trabajando conmigo, por eso soy muy permisiva con sus días libres y peticiones, incluso cuando esta coyuntura va en detrimento de mi propio tiempo libre o de descanso. Se lo merece y yo respondo.

—Fabiola eres demasiado comprensiva. Es tu trabajadora y para eso le pagas, para que trabaje. —He ha dicho E. en más de una ocasión—. ¿De qué te sirve pagar a alguien si acabas trabajando tú?

—¿Por qué me dices eso? Se merece un respiro y se lo doy. ¿No te das cuenta de que ella está siempre disponible y la mayor parte de los días vuelve a casa fuera de su horario? ¿Cómo voy a negarme a darle un día libre para que pueda descansar? No es mi esclava. ¿Acaso me estás diciendo cómo debo gestionar a mis trabajadores?

—Tú sabrás. No quiero discutir, pero yo me estoy cansando de sentirme siempre como un segundo plato y de no pasar tiempo juntos —sentenciaba E.

Estas discusiones me resultaban extrañamente dolorosas. Creo que por aquí ya afloraban algunas pistas de lo que estaba sucediendo en la cabeza de E., pero yo por entonces no me daba cuenta. Yo sólo sentía frustración por no llegar a todo y por hacerle sentir mal a él. Y él a mí.

Además, aquel tiempo compartido que tanto me demandaba E. no era tiempo en el que estuviésemos juntos. No eran momentos «cualitativos». Estábamos bajo el mismo techo, sí, pero él en su despacho tocando la guitarra o avanzando trabajo y yo, mientras, recogiendo la casa o leyendo algún libro.

Por esa razón me resultaba todo tan injusto. No se daba cuenta de que eran unas simples circunstancias y de que yo debía velar por las personas que trabajaban conmigo. ¿Acaso no podíamos hacer lo mismo cualquier otro día? ¿No era consciente de que no existía otra alternativa? ¿Por qué me recriminaba y se enfadaba conmigo?

No me parecía bien.

En el plano menos personal, Olivia es diligente con cada uno de los quehaceres que le encomiendo y no se queja demasiado —o por lo menos, yo no me entero—. Además, nos llevamos fenomenal. Le caigo bien. Creo que empatiza conmigo. No sé, conectamos de alguna forma, algo muy importante para mí.

A pesar de nuestra diferencia de edad —trece años dan para mucho, nos guste o no—, es una mujer muy madura y sensata. Comprende mi humor absurdo, posee una sonrisa permanente en la boca, jamás le he visto un gesto de desagrado y me divierte con sus historias nocturnas de veinteañera.

Reconozco que algunos días estoy deseando verla aparecer por la puerta de Fablier para que me cuente alguna de sus anécdotas mientras le preparo un té. Me río mucho con su manera de relatar sus aventuras. Es un ser muy especial, la admiro.

Alguna vez le he comentado:

—¡Ay, Olivia! Tú te haces la dura, pero sé que tras esas enormes gafas de pasta negra hay una mirada sensible.

—¿Sensible? Nada que ver. Además, llevo los cristales sucios, es imposible que puedas ver nada a través de ellos...

—Es verdad. Me pregunto cómo puedes verlo todo siempre tan claro... —No soy muy buena para el sarcasmo, pero lo intento.

¿Cómo no voy a quererla?

Aunque hoy en día nuestra complicidad y nuestra relación laboral parezcan un apéndice natural, la verdad es que no ha sido fácil forjar este vínculo. Lo sé. Y no por ella, sino por mí. Yo he sido la artífice de esa dificultad.

Llegar hasta este punto de confidencia y seguridad no ha sido una tarea simple, sobre todo para mí y mis miedos subyacentes; esos que parecen estar siempre bajo control, perfectamente localizados y dominados bajo cualquier circunstancia, hasta que me olvido de su existencia y regresan en el momento más inoportuno e inapropiado.

Olivia ha tenido que demostrarme a diario su valía y su capacidad a base de empeño y paciencia. Ha ido superando con éxito todas esas pequeñas pruebas a las que la he sometido —inocente pero conscientemente— estos meses, sin saber que yo la observaba a cada paso, buscando el menor fallo que pudiese alimentar mi reticencia y mi sospecha. Una alerta, algo que apuntase a una falta grave. Una excusa que me permitiese seguir actuando de ese modo tan ilógico, sin ningún tipo de reparo ni arrepentimiento.

No me siento orgullosa de esta reacción, pero confieso que arrastro algunas heridas mal curadas que causan temores.

Es mi pequeña lacra.

Su antecesora, Bárbara, no se lo puso demasiado fácil en este aspecto, y no hablo de motivos puramente profesionales. Todo lo contrario. Ella fue quien encendió la hoguera de mi desconfianza; una hoguera cuyas brasas han permanecido candentes durante mucho tiempo e incluso me atrevería a decir que han sido la consecuencia de todo lo demás, incluso de mi ruptura.

—Jefa —cuando Olivia me llama «jefa», me visualizo como Anna Wintour dirigiendo la edición americana de la revista Vogue—, ¿de verdad hace falta que las bases de datos tengan contraseña? Es un incordio tener que pedírtela cada vez que tengo que llamar a una clienta...

—Mmm... La verdad es que ya no mucho...

—Sé que quien estaba en mi puesto antes no jugó del todo limpio, pero confía en mí. Entiendo que te pueda generar incomodidad, soy consciente, pero a veces esto entorpece mi trabajo y me quita tiempo...

—Bueno, no me cuesta nada levantarme y escribir la contraseña...

—Ya, lo sé, pero de esta forma siempre dependo de ti y si un día te ausentas, ¿cómo voy a solucionarlo?

—De acuerdo, tienes razón. ¿Creamos una contraseña conjunta?

—¡Vale! —respondió Olivia entusiasmada—. ¡Me parece perfecto!

Creo que este gesto tan pequeño le produjo tanta felicidad porque le generó seguridad y confianza, ese mismo tipo de orgullo que sentimos cuando alguien a quien apreciamos o queremos mucho nos cuenta un secreto muy importante para ellos.

¿Cómo algo tan sencillo puede generar tanta conexión con alguien? Es increíble, aunque ya lo he visto antes. Sucede con muchas otras cosas; con los abrazos, con una sonrisa, con un «gracias» y con un primer beso en los labios.

Esa es la magia de la confianza.

—4—

El sol de verano a media mañana suele incidir de manera directa en mi salón, sorteando el porche, así que he tenido que levantarme a bajar las persianas del ventanal que da al jardín para aplacar su fulminante energía.

Por el camino, me he tropezado con la mesita auxiliar que acompaña al sofá, haciendo tambalear un jarrón de cristal precioso que me regaló mi madre unas Navidades y en cuyo interior descansa un ramo de ranúnculos rojos y otros brotes, mis preferidos. Por un momento he logrado visualizarlo todo por el suelo.

Ya no muestran su tersura inicial, están algo mustios. Me los entregó Olivia el viernes pasado antes de mi marcha, pero espero que cambiándoles el agua puedan sobrevivir al menos un par de días más, si estas altas temperaturas se lo permiten.

Me gusta tener flores frescas en casa todo el año. Me recuerdan a mi abuela Petra y su afición por las flores que cultivaba en un pedacito del huerto trasero de la casa del pueblo. En la mesa de la cocina nunca faltaba un ramillete de flores silvestres.

Debo reconocer que me sorprendió mucho este detalle de Olivia, que me las entregó con toda la ilusión.

—Fabiola, toma, te las he comprado para que las coloques al llegar a casa. Si no recuerdo mal, una vez me comentaste que las anémonas rojas eran tus preferidas —me dijo con una sonrisa enorme—. Espero que te acompañen durante estos días. Recuerda que no estás sola. Estamos aquí para ayudarte.

Sus palabras me llegaron al alma.

—¡Ay! ¡Qué linda eres! No tenías por qué —acerté a decir mientras notaba que mis ojos estaban a punto de desprender alguna lágrima—. ¿Sabías que las anémonas son las flores del amor intenso? E. también me regaló alguna vez un ramo de anémonas por mi cumpleaños. En una ocasión le comenté que, si nos casábamos, llenaría las mesas del banquete con estas flores porque simbolizan el amor intenso y... —Y ahí empecé a llorar a mares.

Al cabo de unos instantes, ya un poco más serena, proseguí:

—... y que en la cultura japonesa regalar estas flores a tu pareja transmite un mensaje de lealtad y fidelidad hacia ella... —logré balbucear con un hilo de voz.

—A ver, yo soy fiel a ti porque me pagas a final de mes —dijo Olivia, en un tono ácido pero amoroso.

—¡Aghh! —me faltaba aire en ese momento—. De verdad, muchas gracias, cielo. Eres la mejor. —Y algo más calmada—: Prométeme que no me llamarás en estos días... Sólo con lo importante. Vamos, todos los días.

—¡Ja, ja, ja! ¡Fabiola, tienes que descansar! Por supuesto que no te voy a llamar. Sólo si el taller está en llamas, y aun así, me lo pensaré antes.

Le di un abrazo fuerte y, entre lágrimas, me despedí de ella sujetando aquellas flores como a quien le acaban de entregar un trofeo —un poco a lo Miss Universo despidiéndose de su mandato—. Me deslicé despacio por el suelo de mármol hasta la puerta, como una zombi. Me pesaban los pies. Respiré profundamente al salir a la calle.

Ahí comenzó mi paréntesis mental.

Con el calor no es posible mantener la coherencia durante mucho rato. Mi cerebro es un puré de patatas sin picatostes. Me hubiera encantado tener una piscina o una pequeña charca en alguna zona del jardín para revolcarme en ella como una rana y subsanar mi derretimiento mental y físico, pero en su lugar tengo una máquina de aire acondicionado. Algo es algo.

Al coger el mando a distancia del aparato y pulsar el botón de encendido, he pensado en lo genial que sería disponer de un sistema similar para manejar la vida y, así, enfriar los enfados cuando no tuvieran sentido o calentar mi corazón cuando me siento decepcionada... De paso, tampoco vendría mal presionar otro botón y conseguir que todo transcurriese un poco más deprisa en este momento. Ahora.

Y que llegue el otoño ya, al menos.

Tengo ganas de refugiarme bajo la manta, vestir con gabardina y esconderme tras un paraguas. No puedo más con este sofocante calor y este tiempo muerto. Quiero volver a mi rutina, a mis asuntos, a mi vida tal y como la conocía hasta hace unas semanas.

¿Quiero volver con E.? ¿Será esto una simple prueba? ¿Volvería con él después de todo este final? ¿He sido feliz con él? ¿Qué estará haciendo en este momento? ¿Estará pensando en mí? ¿Se habrá ido de vacaciones? ¿Por qué demonios me hago estas preguntas?

Es evidente que debo mantenerme distraída y serena en la medida de lo posible, aunque por dentro esté decepcionada y dolida, para no formularme cuestiones indebidas. ¡Qué infierno!

Estoy segura de que en mi interior albergo todo tipo de esperanzas y fuerzas, aunque anden desperdigadas y rotas. Debo pensar en lo próximo e intentar avanzar. Necesito dar algún paso... Desperezarme. Ilusionarme con algo. No es necesario que sepa hacia qué dirección debo ir, simplemente realizar un pequeño movimiento y salir del lugar en el que me encuentro. Eso es mucho. Eso es todo.

Bajo estas circunstancias lo menos aconsejable es mantenerme pretérita y dejar que sucedan las cosas. Esta vez no.

¿Cómo hacerlo? No lo sé, lo estoy intentando averiguar.

De momento, continúo conformándome con las pequeñas cosas y me aferro a la suerte. Mantengo los dedos cruzados para que el señor del traje pequeño y corte de pelo clásico me llame.

Y abandonar esta casa. Y organizarlo todo. Y despojarme de aquello que ahora ya resulta innecesario o caduco: los botes medio vacíos, los papeles acumulados en el salón, los cables huérfanos, las notas de amor escondidas tras la puerta que oculta la nevera... Incluidas las esperanzas depositadas en mi relación. Incluido mi corazón roto.

Todo fuera.

—Esteban... Espera, entonces... Entonces, ¿te vas? ¿A dónde vas? ¿Te vas de casa?... Pero... ¿Es cierto que estamos rompiendo?... Y... ¿Y a dónde irás esta noche?... —Fui hablando detrás de E. por toda la casa mientras él iba recopilando cosas antes de marcharse.

—Fabiola, sí. Yo no quiero seguir con la relación, ya te lo he dicho...

—Pero... Pero ¿esto es real?... Quiero decir... —En aquella situación me costaba muchísimo desarrollar las frases, mi cerebro no conseguía asimilar las circunstancias—. ¿Te vas de casa?... Mmm... ¿No prefieres que...? ¿No prefieres que me vaya yo?... Aquí están todas tus cosas... Y... ¿Y Tomi?...

—Tomi se viene conmigo, claro. Es mi perro... Y sí, esto es real, Fabiola. Lo siento. Esto no es fácil para mí. Esta decisión no es fácil... Prefiero irme yo...

—Mmm... Pero... ¿Y tus cosas? No crees que es mejor que yo...

—No, Fabiola. Me voy yo.

—Mmm... Bueno, pero... ¿pero no crees que nos estamos equivocando? Yo... Yo pienso que... Es tarde, ¿no crees que es mejor que lo hablemos mañana con calma?... Yo...

—Fabiola, de verdad. No lo compliquemos. Ya te lo he dicho... No quiero seguir con la relación... Eso implica separarnos, que no estemos juntos y que yo me vaya de casa. No hay más. No hay nada más que hablar.

—Ya... Es que yo... Es que yo no he hablado nada, Esteban... No sé, estoy en shock... Yo necesito hablar, pero ahora mismo...

—Ya, Fabiola, pero hablar no va a solucionar nada. Me voy.

—Pero, perdona... Y repito... ¿y tus cosas?... ¿Y esta casa?

—Ahora eso es lo de menos... Ya lo hablaremos, Fabiola.

—Bueno... Vale, cariño... Bueno... Déjame darle un beso a Tomi antes de iros... Tomi, cielo... Te voy a echar de menos... —mientras me abrazaba a nuestro perro, rompí a llorar.

—¡Vamos, Tomate!... Bueno, Fabiola... Lo siento. Ya hablamos...

E. salió por la puerta principal, encaminándose hacia el coche, que curiosamente había estacionado justo enfrente de nuestra casa en aquella ocasión. Cargaba consigo una maleta, dos bolsas de plástico y la correa de su querido perro. Al cerrar la puerta tras de sí, experimenté un silencio profundo, un vacío. Me quedé allí, rota, dejando caer del todo los hombros, ya encorvados para despedirme de Tomi en el último momento.

No lograba entender nada de lo que acababa de vivir.

¿Cómo es posible? A veces la vida parece concentrarse en un sólo segundo; en una puerta que se cierra.

Temo que me va a costar un poco cambiar este maravilloso escenario con vistas y jardín. Es normal. Esta casa ha sido un regalo durante casi tres años, desde que E. y yo decidimos crear un espacio compartido donde poder alimentar y desarrollar nuestros proyectos; un futuro de dos almas que se amaban, o al menos lo intentaban, o al menos yo intuía que era así.

Esta morada, rodeada de naturaleza, ha sido mi refugio, mi cueva, mi zona de confort y alegría; el escenario de las noches más tórridas y de las risas más grandilocuentes; una burbuja de ternura y caricias en el pelo, de bailes con la toalla de la ducha en la cabeza y de conversaciones sinceras, a corazón abierto... Aunque ahora me resulte un tanto ajena.

Me siento extranjera en mi propio hogar.

¿Cómo es posible? ¿Será que su energía se ha corrompido? ¿Será que ahora existe una brecha por la cual se han ido escurriendo todos los recuerdos que formaban parte de estas cuatro paredes? Si es así, ¿dónde está? ¿Podría taparla con algunos trapos viejos? ¿Acaso existe un agujero negro al que han ido a parar todos los momentos compartidos? ¿Podría ser que estos muros sólo cobrasen sentido cuando éramos dos y un perro quienes los habitaban?

Esta casa ha perdido parte de su esencia, aunque mantenga su diseño tan carismático; esa es la sensación que me invade mientras la recorro.

Donde solía haber historias y carácter, ahora se observan armarios medio vacíos y algunos espacios sombríos en las paredes, como un rompecabezas incompleto.

Cada rincón de esta casa se ha visto afectado por un desorden improvisado que ha roto toda su armonía visual. No hay cajón que haya quedado inmune.

Al contemplarla en su conjunto, parece que hubieran entrado unos ladrones a desvalijarla; salvo que estos individuos no buscaban joyas ni dinero, ni siquiera grandes enseres u objetos de valor, sólo elementos simples de la vida y lo cotidiano: ropa, algunas fotografías, libros, un cepillo de dientes, un ordenador, un par de instrumentos musicales... Todo aquello que, de manera directa o indirecta, suele hablar de cada uno de nosotros, de nuestros gustos, de nuestras aficiones, de nuestros hábitos; en este caso, toda aquella pertenencia que hubiese formado parte de la vida de E.

Esos ladrones sabían muy bien lo que estaban haciendo.

Apenas queda rastro de él bajo este techo. Nada suyo que fuese fácil de transportar —tamaño maleta o caja de cartón— perdura, ni siquiera su guitarra eléctrica y ese sillón orejero de cuero negro de su despacho que encontró en un mercadillo de Londres cuando estaba estudiando su máster. Esos también se han esfumado.

Quedan el resto de los muebles y los objetos que fuimos comprando en tiendas de segunda mano y de diseño durante estos tres años, junto con el mobiliario que yo incorporé a esta casa desde mi antiguo apartamento y que, increíblemente, encajaba a la perfección bajo este techo. Aunque no hayamos compartido hogar demasiado tiempo, es increíble la cantidad de cosas y de recuerdos que se pueden llegar a acumular en cuestión de meses.

La mayor parte de este decorado es mío y me ha ido acompañando a lo largo de la vida. Alberga infinitud de historias. Algunos de sus componentes han recorrido cientos de kilómetros junto a mí, otros han sido testigos de mi crecimiento en los últimos tiempos... Y todos tienen cosas que contar.

Qué difícil me va a resultar elegir, de entre todos ellos, los que van a continuar en el próximo e inminente capítulo.

Pese al caos y el silencio de las ausencias materiales, aún existen entre estos muros lugares reconocibles e intactos a simple vista.

E. pasó a recoger todas sus pertenencias la semana siguiente después de nuestra ruptura, como con prisa, como si tuviera la urgencia de distanciarse de mí lo antes posible e intentara borrar nuestra historia de un plumazo.

Fuera lastres. Fuera conexiones. Fuera relación. Fuera Fabiola...

Como si pretendiera eliminar rápidamente todos estos años a mi lado, como si carecieran de importancia. Como si fuera imperativo escapar a algún otro lugar lo más pronto posible.

Aunque, por lo general, E. nunca había demostrado grandes dotes para la organización, en esta ocasión se mostró más diligente que de costumbre y, dos días antes de su encomienda, cuatro después de su despedida, contactó con mi amiga Claudia para que ella fuese la encargada de preguntarme si podría acercarse en algún momento en el que yo me encontrase fuera.

Esto me enfureció muchísimo.

¿Qué tipo de broma era esa? ¿Por qué E. no era capaz de hablar conmigo? ¿Qué estaba sucediendo? ¿En qué momento la persona más importante de tu vida, con quien has mantenido una relación, se convierte en alguien tan ajeno? ¿En qué momento la ternura se convierte en una conversación comprometida? ¿De dónde salía esa frialdad?

—Fabiola, es posible que E. quiera mantener un contacto nulo contigo por si se arrepiente... Quizá lo mejor para ambos sea construir una distancia... —me dijo Claudia aquella noche, con tono preocupado.

—¡¿Cómo que «por si se arrepiente»?! ¡¿Tú te crees que esto es normal?! ¡¿A ti te parece lógico que te contacte para que me informes, en lugar de hablar directamente conmigo?! ¡¡Será imbécil!! —contesté, en un arrebato de dolor.

—Fab, tranquilízate. Yo tampoco lo entiendo, si te digo la verdad... —dijo ella en tono calmado, con su habitual amabilidad y empatía—. Pero intentemos verle lo positivo. Piensa que quizá para ti también sea lo mejor en este momento. No verle te ayudará a gestionar mejor tus emociones, y cuanto menos tiempo pases rodeada de sus cosas, mejor.

—Lo siento, Claudia. No debería haberte hablado así —me disculpé—. Esta situación me tiene perpleja. Dile que pasado mañana estaré fuera de reuniones y que puede venir entonces a por sus cosas.

—Vale. ¿Quieres que me acerque ese día mientras él se encuentra en casa? ¿Te puedo ayudar en algo? Estoy disponible. Mi madre puede hacerse cargo de los niños esa tarde...

—Claudia, siempre tan dispuesta. No sé qué haría yo sin ella, la verdad. Me atrevo a decir que es mi mejor amiga.

—No. Gracias, cielo. No hace falta. No creo que sea necesario tener un guardián. No me apetece involucrar a nadie directamente en todo esto.

—Como quieras. Te quiero mucho, Fab. Llámame con lo que sea.

Al terminar la conversación con Claudia, me derrumbé en el sofá y comencé a llorar desconsolada. No me lo podía creer. ¿Qué demonios estaba pasando por la cabeza de E.? ¿De dónde venía su actitud? ¿Acaso era yo la culpable de que nuestra relación se hubiese terminado? ¿Le había causado yo algún daño? ¿Qué tomadura de pelo era esa?

Más que una marea de preguntas, lo que me sobrevino fue un tremendo tsunami de interrogantes. Una ola de cien metros de altura. Imparable.

Aquel enfado se convirtió poco después en una profunda tristeza; en una de esas penas que te quitan el apetito y no te dejan dormir por la noche. Así me sucede siempre.

De algún modo, mi corazón había albergado aún un atisbo de esperanza. Algo dentro de mí siempre mantiene la ilusión y creía que E. se arrepentiría. Sin embargo, con semejante movimiento final, toda aquella montaña de expectativas había volado por los aires, dejando de encontrarse en el limbo de la incertidumbre para caer de golpe y aplastarme contra el suelo. ¡Paf! En todo mi pecho.

La despedida ya se había marcado en el calendario.

Por alguna razón que no alcanzo a comprender, como en un acto catártico, al día siguiente de conversar con Claudia y ante la inminente y última visita de E. a lo que hasta entonces había sido nuestro nido de amor, volví a casa tras haber terminado todos mis encargos en el atelier, con la clara intención de sumergirme en la tarea de recopilar con especial cuidado todos los efectos personales del que hasta entonces había sido mi novio.

Viéndolo desde otra perspectiva, este proceso podría interpretarse como una contradicción. ¿Quién en su sano juicio se tomaría el tiempo de recoger las pertenencias de alguien que ha optado por salir de su vida? Aunque pudiera parecer que mi intención era allanar el camino para E. y, de alguna manera, atraer su atención..., no. No era nada de eso. Mi propósito no era ese. A través de esta tarea, tuve la oportunidad de despedirme lentamente de él, paso a paso y con conciencia. ¿Estoy loca? Quizá.

Creo que fue todo un acto de amor. De todo mi amor.

Lo primero que hice aquella tarde fue dirigirme a su despacho, su espacio personal —siempre tuvimos claro que cada uno debía tener su propio lugar dentro de la casa, su pequeño oasis. En mi caso, el jardín—: una habitación no muy amplia pero confortable próxima a la entrada principal, completamente pintada de color gris claro, que se comunica con el jardín a través de un amplio ventanal, similar al del salón, situado al fondo.

Todavía me parece que le escucho decir:

—Fabu, ¿qué opinas de este color? ¿No crees que es un poco aburrido?

Fabu era el apelativo cariñoso que E. utilizaba conmigo siempre. Cuando nos conocimos, me definió como fabulosa... Y de ahí «Fabu».

—Bueno. Reconozco que no es el color más animado del mundo, mi amor, pero creo que es elegante y va en sintonía con tus labores profesionales.

—¡Ja, ja, ja! ¿Acaso crees que el derecho jurídico es aburrido?

—Es posible, pero también me parece sexy. Escucharte hablar de un montón de cosas de las que no entiendo absolutamente nada, me resulta de lo más atractivo...

Frente a la puerta, un escritorio de estilo Mid Century descansa sobre un kilim con motivos tostados y rojizos que nos trajimos en una maleta de mano de un viaje a Marrakech —todavía no sé cómo logramos perpetrar semejante hazaña—. Detrás asoma una silla giratoria tapizada de piel negra con los reposabrazos cromados. Creo que esta era la pieza más cara de toda la casa, un capricho de E. por su último cumpleaños. A la derecha del escritorio se alza una enorme estantería repleta de libros de Derecho, novelas de ficción, revistas de coches y algunos tomos antiguos procedentes de la biblioteca de su abuelo; intercalados aquí y allá entre los tomos hay pequeños recuerdos y fotografías con su familia, conmigo y con Tomi, su perro.

En la pared opuesta a la estantería aparecen colgados sus títulos académicos enmarcados en negro, un póster de la película *La naranja mecánica* y otro de un concierto de The Rolling Stones, su banda favorita. A sus pies, coronando el rincón, está su guitarra eléctrica, siempre a mano sobre el viejo sillón de cuero negro y cerca de un pequeño mueble de metal que esconde todos los artilugios, púas, cables y amplificadores necesarios para tocarla, además de un equipo de alta fidelidad con unos altavoces enormes que cada vez que se encendían hacían vibrar todos los cristales.

Permanecí en ese lugar unos minutos sin tocar absolutamente nada. Considero que hacerlo habría sido una falta de respeto, pero se me antojó exótico inmiscuirme en su territorio en su ausencia. Al adentrarme en su espacio no pretendía encontrar nada especial ni comprometedor, ni siquiera respuestas a lo sucedido. En absoluto. Mi intención sólo era despedirme de E. a través de sus cosas y de ese olor a perfume almizclado que abrazaba la atmósfera. Su olor.

Una sensación de melancolía recorrió mi cuerpo y noté como aquel ambiente se iba volviendo más y más opaco conforme los recuerdos acudían a mi memoria.

Antes de abandonar la habitación, tuve interés por conocer qué estaba sonando en su estéreo, así que me acerqué al mueble metalizado y lo encendí. No tardé mucho en reconocer los primeros acordes de «Let's stay together» de Al Green, una canción que, curiosamente, acompañó nuestra historia desde su comienzo, pues formaba parte de la banda sonora de la primera película que vimos juntos en el sofá de mi antiguo apartamento. No recuerdo nada del título de aquel largometraje porque realmente apenas vimos unos minutos. Lo que pretendía ser una bonita estampa de ternura y abrazos se convirtió en un verdadero enredo pasional. Algo habitual en los primeros encuentros.

No puedo evitar esbozar una sonrisa al recordarlo. Con los títulos de crédito en la pantalla y la melena totalmente alborotada le dije a E:

—¡Me ha encantado está película! ¿Ponemos otra?

—No me parece mala idea.

Y aquella noche vimos tres.

Reconozco que mi memoria es capaz de albergar muy bien todo aquello que tenga que ver con las primeras veces y los comienzos.

Ir descubriendo al otro a través de pequeñas pinceladas es realmente enigmático y divertido, por eso puedo llegar a entender a quienes basan su existencia sólo en los puntos de partida, en las primeras veces, en lo dulce, perdiendo el interés al poco tiempo, cuando la rutina y la realidad aparecen. Les comprendo, los comienzos son, generalmente, fantásticos.

Lo que no saben es que lo que viene después es todavía mejor, aunque eso difícilmente llegarán a descubrirlo nunca, aferrados como están a la idea de la intensidad inicial.

A aquella «Let's Stay Together» le siguió «The Love Me Or Die» de C. W. Stoneking y fue ahí cuando subí el volumen de los altavoces, sacudí mi amargura y salí del despacho de E. directa hacia el piso de arriba, dando comienzo a la función de *ciao*, *arrivederci*, *au revoir*, querido E.

Confieso que a lo largo de toda mi trayectoria sentimental he ido puliendo mi inclinación hacia el dramatismo sugestionada por aquellas películas de la nouvelle vague, y que no dudo en utilizarla en el momento conveniente. Ese fue perfecto.

¡Vamos con esa catarsis!

Armario por armario, en el vestidor, fui seleccionando y colocando minuciosamente todas sus cosas para que no sufrieran ningún percance en su traslado: sus camisas blancas recién planchadas en sus fundas, sus trajes italianos en los portatrajes, sus jerséis de cachemira en maletas, sus corbatas de seda y demás accesorios en diferentes cajitas, sus zapatos y mocasines de cuero en bolsas de tela...

Con toda esta labor sentí que estaba despidiéndome de él. Cada prenda que sostuve en mis manos antes de ser guardada era un pequeño «hasta siempre» —Marie Kondo hubiese sido capaz de derramar alguna lágrima— y, aunque el dolor era desgarrador por momentos, también iba notando una pequeña liberación del alma a medida que cerraba cajas y vaciaba cajones.

De manera minuciosa, desde el dormitorio hasta el salón, y pasando por el baño, examiné una a una todas las estancias compartidas de nuestra casa en busca de E.

Cuando terminé, a altas horas de la madrugada, coloqué todas las cosas, un montón de bolsas, cajas y fundas, en el garaje. Aquel ejercicio me arrojó algo de luz, pese a su naturaleza, y me hizo sentir mejor, por momentos. Más ligera.

La tarea me dejó exhausta, aunque no somnolienta, y me dirigí al sofá para sentarme en la penumbra, descansar y pensar que aquella noche era, de alguna forma, la última noche con él; al día siguiente desaparecerían sus cosas y, junto a ellas, un pedazo de mí. Aunque resulte extraño, pude concederme la oportunidad y el tiempo necesarios para ir asimilando los hechos, a mi modo.

El broche final a toda esta liberación lo escribí en un trozo de papel.

Antes de acostarme, ya en mi cama, los sentimientos comenzaron a aflorar y sentí la necesidad de trasladar al papel lo que no había podido compartir la semana anterior, el día de la trágica conversación —del monólogo de E.—, para despojarme de aquel silencio contenido y poder observarlo desde otra perspectiva. Para ello, rebusqué en el pequeño cajón de mi mesita de noche un cuaderno y un lápiz y comencé a escribir, desde lo más profundo de mi corazón, lo que había sido incapaz de decirle entonces, a modo de carta.

Es increíble el poder que tienen las palabras escritas a la hora de canalizar emociones. Creo que no existe mejor fórmula de plasmar una sensación y deshacer nudos que el gesto de escribirlos en un papel.

Este ejercicio de sinceridad me envolvió en lágrimas, pero también me ayudó a dormir. No recuerdo bien cuántas páginas rellené con mi honestidad, creo que fueron bastantes.

Al tratarse de algo tan honesto y necesario, me rondó la idea de entregárselo a E., para que conociese mi punto de vista. Al igual que al recoger sus cosas, mi intención con esa carta no era hacerle cambiar de idea ni demostrarle mi amor —eso, desde mi punto de vista, era algo que yo ya había hecho a diario, aunque al parecer, no lo suficiente—. Simplemente necesitaba confirmar que él era consciente de mis sentimientos y de lo que pensaba sobre la situación, pues me resultaba terriblemente injusto no haber tenido la oportunidad de expresarme.

Por momentos tuve muy claro que aquellas líneas cobrarían un sentido mayor si llegaban a manos de E., que quizá era lo mejor que podía hacer para mitigar mi dolor, pero también supuse que un acto de sinceridad de tal envergadura no tendría mucho calado en alguien como él. Es más, lo más seguro era que lo calificase de estupidez, de suicidio emocional, ya que las muestras de afecto y las palabras bonitas siempre le habían resultado algo cursis.

Cada vez que yo me emocionaba por algo o que algo me perturbaba por dentro, su reacción era siempre la misma:

—Fabu, contrólate. ¿Cómo puedes ser tan sensible? No puedes estar todo el día llorando por todo.

A la mañana siguiente, aquella idea de la carta me pareció un sinsentido, algo demasiado romántico y carente de madurez. Algo que sólo sucede en las películas y en los libros. Ese tipo de cosas que no tienen valor alguno en el desarrollo de la trama ni de los acontecimientos, pero que resultan conmovedoras. ¿Acaso iba a cambiar algo?

Al despertar, aunque algo nerviosa, realicé todas mis rutinas en su orden habitual: me levanté, me duché, me preparé el desayuno, me vestí y recogí mis cosas sabiendo que al volver encontraría un pequeño vacío, que la vista a aquel interior habría sufrido modificaciones.

Sin embargo, justo antes de salir hacia al trabajo, tuve un pequeño arrebato y, en medio de este punto de inflexión transitorio, subí los peldaños de la escalera de dos en dos, llegué hasta el dormitorio, cogí la carta, bajé corriendo y la dejé sobre el aparador de la entrada, no sin antes escribir un «Para E. de Fab» con un bolígrafo algo seco que encontré por ahí.

Cerré la puerta de golpe, respiré y salí corriendo.

Salí espantada y en medio de una espiral de interrogantes.

¿Y si no veía la carta al entrar? ¿Creería que estoy loca? ¿Recibiría una respuesta? ¿Qué pensaría de que hubiese recogido todas sus cosas?

Todas las preguntas que fueron apareciendo a lo largo de mi recorrido fueron silenciadas por David Bowie y su «The Man Who Sold The World» a través de mis cascos. En bucle. Decidí ir en autobús hasta el taller, por miedo a tener algún accidente con el coche. Me temblaban las piernas. Estaba muy nerviosa.

Gracias a los astros, el día pasó como un suspiro enterrada en trabajo.

Ya por la tarde, casi al anochecer, seguía en el taller cuando recibí una llamada de Claudia informándome sobre E.

—Hola, Fab. ¿Cómo estás, querida? Me acaba de llamar E. para decirme que ha pasado a por sus cosas y que ya no está en casa —dijo Claudia con un tono muy cariñoso.

—Estupendo —contesté.

—También me ha dicho que te dé las gracias por haber recogido sus cosas... —A partir de aquí su tono se tornó algo más crítico—. Pero, Fab, ¿y eso? ¿No podía hacerlo él sólo? ¡No le debes semejante esfuerzo! ¡Él es quien te ha dejado! ¡Y no quiere ni verte! ¿Por qué malgastas tu...?

—Espera, espera... —la interrumpí bruscamente—. Espera, Claudia. No me juzgues. Lo he hecho así por varias razones: la primera es que no quería que desbarajustara toda la casa, ya sabes que el orden no es su fuerte y sólo de pensar en cómo podría haber dejado las cosas...

—Ajam... —carraspeó Claudia con cierto enojo.

—... Y, además, así me cercioraba de que se llevaba todo y no me encontraría nada suyo que tuviese que devolver después...

—Ahmm... —ella, más convencida.

—Y, de paso, podía ir despidiéndome de él en silencio —añadí en voz baja.

—Ay, Fabi. Eres la persona más romántica que conozco... Y la más chalada... ¿Despedirte?... En fin... Bueno, pues como te decía, ya se ha ido.

—Gracias, querida. Por cierto, ¿te ha comentado algo de una carta? ¿La ha recogido? —pregunté con cierto miedo a conocer la respuesta.

—¡Ah! ¡¡Eso!! Sí, me ha dicho algo de una carta. Sí, también.

—Genial. Muchas gracias. Gracias por todo esto, de corazón.

Poco después de hablar con Claudia, cerré el taller y volví a casa. Desde entonces habito un hogar a medias.

Me siento rara y lejana a partes iguales. Triste, profundamente triste. Y extranjera. Mi corazón ha aprendido un nuevo idioma que todavía no sé traducir. No me entiendo.

A pesar de todo, aunque me desconozco y ando todo el día angustiada y nerviosa, mi decisión de seguir adelante pese al miedo está funcionando. Por algunos momentos soy capaz de observar una pequeña llama de ilusión. Una proveniente del teléfono, cuando se atreve a sonar.

Me aferro a ella.

¿Acaso puedo hacer mucho más?

— 5 —

Dada la naturaleza subjetiva de las emociones, pues son simples respuestas emocionales que brotan de nuestro ser ante lo que percibimos e interpretamos del exterior, resulta casi imposible someterlas a una medición concreta. No pueden ser verificadas, no como lo hacemos con nuestra presión arterial o nuestra temperatura...

Sin embargo, a pesar de no poder comprobar nada de esto, tengo la sensación de que la tristeza posee una densidad mayor que la alegría, que su peso es más pronunciado, y más intensa su capacidad de absorción de energía... Y, por eso, deshacerme de ella se vuelve una tarea más ardua. Me resulta más compleja.

Me atrevo a decir que la tristeza es un plomo.

En mi mente, la melancolía tiene la capacidad de fusionarse hábilmente con otros sentimientos, invadiéndolos por completo, y me resulta sinceramente complicado captar y restaurar cualquier partícula de esperanza contaminada. Es desafiante. La tristeza tiene la habilidad de apoderarse de cualquier buena noticia y desvanecer cualquier ilusión a una velocidad vertiginosa, convirtiendo un buen momento en cenizas en cuestión de segundos.

¿Cómo lo consigue? Es un enigma.

¿Será que la decepción precisa que le presten más atención? ¿Será que estoy programada para ser feliz y todo aquello que me perturba es una amenaza que debo neutralizar lo antes posible?

¿Esto me sucede sólo a mí?

En este espacio de tiempo en el que mi mente se ha centrado en mantener la calma, atiborrarse de culpa y preguntas y, entre medias, respirar, han surgido nuevas oportunidades... Nuevas perspectivas que no soy capaz de saborear y disfrutar como realmente se merecen porque la tristeza me tiene enfocada en otro lugar... Pero me niego a incluirla en todos mis planes de futuro.

Ya basta. Yo quiero seguir hacia adelante.

Es curioso observar cómo, aun en los momentos más complejos, la vida tiene la habilidad de regalarte dosis de esperanza, impidiendo que desistas por completo. Da la sensación de que algunos cambios suceden con la misma destreza y volatilidad con la que un jugador de póker se desprende de sus cartas sobre la mesa. Así, conforme ocurren algunas cosas, se desencadenan otras.

A veces parece que todo el futuro se concentra en un breve periodo de tiempo.

Sin dejar de lado todo el estupor sentimental que viví la noche en que E. decidió marcharse, alguno de los primeros pensamientos que emergieron de mi cabeza tras aquel monólogo se situaron en mi plano pragmático.

«Y ahora, ¿qué voy a hacer yo con esta casa? ¿Podré seguir viviendo en ella? ¿Qué voy a hacer?...».

Comencé a ponerme muy nerviosa, mucho.

Al dolor que ya de por sí me suponía la despedida —y todo lo que ello conlleva— debía sumarle la incertidumbre generada por otros aspectos menos románticos y más funcionales, aquellos que van ligados directamente a una separación y al fin de una convivencia; a partir de ese momento los gastos dejarían de asumirse entre dos, para recaer en manos de uno sólo. En mis manos...

«Si me quedo, ¿podré mantener esta casa? ¿Me lo puedo permitir?».

Aquella realidad era, por mucho que yo me pudiese esforzar para conservarla, algo económicamente inviable. Para qué negarlo. (Un pequeño pero importante detalle que se suele omitir en las novelas románticas y que contiene mucha verdad). Una verdadera lástima.

Por lo tanto... Yo también debía marcharme y empezar en otro lugar. En otro ambiente. En otro horizonte.

Me hubiera encantado tener la oportunidad de seguir disfrutando de esta casa y estas vistas, de este barrio tranquilo y precioso salpicado de casas encantadoras, jardines y parques, alejado del bullicio de las grandes avenidas de la ciudad y, al mismo tiempo, a un paso del centro, de mi taller, de mi trabajo... Pero este marco idílico ahora tenía fecha de caducidad; poco menos de quince días.

—... Pero, hija, ¿y qué vas a hacer? ¿A dónde vas a ir? —Fue la segunda pregunta que me hizo mi madre al contarle por teléfono que E. me había dejado, algo que hice bastantes días después de nuestra ruptura—. ¿Qué ha pasado? ¿Qué le has hecho para que te deje? —Mi madre recriminándome sin pudor alguno.

Es muy común que mi querida madre me culpe directamente de todo lo malo que me sucede; por esa razón, siempre intento dilatar el momento en que debo comunicarle algo que me afecte, ya que su forma de ver las cosas no me ayuda en absoluto. Por el contrario, me añade presión extra.

—Mamá, ¿por qué piensas que le he hecho algo?

—Ay, no sé, es que me resulta todo muy extraño. ¿No habrá sido sólo un enfado?... Ay, hija, es que eres muy independiente y a los hombres hay que cuidarlos...

—¡¿Qué?!! —Me enfadé bastante—. Pero ¿qué tiene que ver mi independencia con la dependencia de los demás? ¿Cómo es posible que me digas eso, mamá?... ¿Y a mí? ¿A mí no hay que cuidarme?

—... Ay, no sé, mi niña... No te enfades con tu madre... Es que tal y como me lo cuentas no tiene ningún sentido. ¿Cómo es que no has vuelto a hablar con él?...

—Porque no quiere hablar conmigo y a mí tampoco me apetece. Estoy pasándolo algo mal, pero quiero seguir adelante con mi vida, mamá, y si eso implica no volver a verle, pues así será.

—Bueno, ya eres lo bastante mayor para saber qué es lo que te conviene o no. Tu madre no se hubiera dejado ningunear y le hubiera dicho cuatro cosas aquella tarde...

—... Mamá, ¿también quieres hacerme sentir culpable por eso, por no haber podido hablar con él? No me dio otra opción. ¿Sabes lo que significa?...

—No sé, hija, me recuerdas a tu pa...

La interrumpí inmediatamente. No me apetecía volver a escuchar los mismos reproches de siempre contra mi padre tras su divorcio. Habían pasado veinticinco años y seguía sin aceptar aquella historia. Me negué.

—¡No! ¡Yo soy yo! ¡Soy tu hija Fabiola, no me compares con nadie, no es justo!...

—Bueno, vale, vale, vale... —dijo con tono calmado, para no alimentar mi evidente enfado—. Pero, dime, entonces... ¿qué pasa con vuestra casa? ¿La vas a dejar?

—Sí. Me voy —respondí tajante.

—Pero ¿cómo te vas a ir? Esa casa es maravillosa, parece de revista, y está en muy buen barrio... Y no muy lejos de tu trabajo... Y esa luz...

—Lo sé, mamá, pero no me lo puedo permitir, ya lo sabes. El alquiler es muy caro y yo no alcanzo...

Cuando alquilamos la casa nos pareció una oportunidad que no podíamos dejar escapar. A pesar de su elevado precio, se encontraba por debajo de lo habitual en el mercado, y E. insistió en hacerse cargo de más de la mitad del alquiler, dejándome a mí como parte proporcional lo que ya estaba acostumbrada a desembolsar en mi anterior apartamento. Por entonces, yo no podía asumir mucho más, —ahora tampoco— y a él no le suponía una gran carga, ya que su sueldo como dueño de un despacho de abogados multiplicaba varias veces el mío... Así que terminé accediendo —a regañadientes— con mucha ilusión.

Era nuestro proyecto compartido, nuestro sueño, algo de los dos. Era muy emocionante y yo estaba en una nube de felicidad...

—Ya, hija, pero ¿a dónde te vas a mudar ahora? ¿A otro cuchitril como el anterior? Dime que no... ¡Ese apartamento se caía a pedazos! —Mi madre intentando darme «ánimos», supongo.

—¡Oye! ¡No digas eso! Vale que aquel apartamento no tenía nada que ver con esta casa. Por supuesto que no, tenía carencias, era viejo y necesitaba una reforma inminente, pero también poseía mucha magia... Viví en él casi seis años... Me encantaba...

—Bueno, Fabiola. Tú sabrás... Es que me preocupo, cariño. No es fácil... Ver a mi hija de treinta y ocho años otra vez en la casilla de salida, soltera y sin un techo... Me preocupa...

—¿Qué te preocupa? Esto es algo pasajero, encontraré un estudio o una casa en breve, ya he estado mirando...

Creo que no escuchó ni una palabra de lo que le estaba diciendo porque continuó hablando como si nada.

—... Es que, claro... Es que yo ya pensaba que con E. ibas a formar una familia... Es un chico tan estupendo... ¡Fíjate! Que hasta había pensado que me llamabas para darme una buena noticia, no sé. ¡Que iba a ser abuela! ¡Que os casabais! Y sin embargo...

—¡Mamá! ¡¡¿Cómo puedes ser tan egoísta?!! ¡¡¿Eres consciente de lo que me estás diciendo?!! ¡¡¿No te das cuenta de que sólo te preocupa que tus expectativas no se hayan cumplido en lugar de intentar saber cómo me encuentro yo y escucharme?!! —Creo que me salían llamaradas por la boca y a punto estuve de colgar de golpe—. ¡¡¿No te das cuenta de que debes ser mi apoyo en este momento?!!

—¡Ay, es que estoy muy triste! ¡Perdóname!

—¡¡¿Y yo??!! Yo estoy francamente mal con todo esto... —empecé a llorar—. Ya sé que no soy perfecta, ya sé que no soy como mi hermano Óscar... Ya sé que no seré madre... Tampoco sé ni si lo quiero ser... ¿Y si no lo soy, pasa algo?... ¿Acaso es lo más importante ahora mismo?... Ya sé que estoy sola... Y esto me duele... Me duele...

Y en un arrebato colgué el teléfono.

Al final, colgué. Se veía venir.

No era capaz de gestionar aquella situación y decidí cortar de golpe, como E. —todo se pega, dicen—. Aunque creo que en mi caso había razones considerables para hacerlo. Mi madre había sobrepasado la línea roja de mi paciencia y mi dolor.

Este es uno de los motivos, entre muchos otros, por los que no suelo compartir mis pensamientos y emociones con mi madre; siempre tenemos muchas fricciones y puntos de vista diferentes. Estoy segura de que me quiere, y hay muchísimos aspectos de ella que admiro y he aprendido gracias a su ejemplo, pero con el paso de los años nuestras diferencias se han vuelto cada vez más evidentes, y nuestras conversaciones siempre acaban pareciendo disputas.

Supongo que su preocupación, en realidad, es temor. Es su propio miedo. Es posible que lo que ella proyecta hacia mí sean sus propios asuntos no resueltos o sus decepciones, todo aquello que ella anhelaba para sí misma y que, de alguna forma, por no haberlo conseguido, quería que fuese yo quien sí lo hiciera.

No la culpo y tampoco me compadezco de ella, en absoluto. A veces las relaciones con nuestros padres no son lo suficientemente idílicas ni perfectas y, aun así, hay amor. Como diría Olivia, mi asistente:

—El amor fraternal es así de absurdo. Es tan extraño que sigues queriendo incondicionalmente a alguien, aunque te den ganas de arrancarle los pelos de la cabeza.

Para que los temores de mi madre no se apropien de mí, lo que hago es concederme treguas y establecer mis propios límites, para que no me salpiquen. No demasiado.

Soy su hija, pero ante todo soy una persona que ahora mismo debe continuar y precisa de apoyo y escucha, no reproches.

Lo único que tengo claro de todo esto es que necesito un lugar donde comenzar mi nueva etapa y creo que he conseguido uno perfecto. Creo. Todavía no lo sé.

Buscar un piso de alquiler, por lo general, es una tarea ardua. Hacerlo en verano, con apenas tiempo para decidir, sin una gran variedad de opciones para valorar, con la mitad de los arrendadores de vacaciones y la ciudad escupiendo calor por cada esquina, resulta exasperante.

Encontrar un lugar adecuado, cerca del trabajo, bien comunicado, agradable, luminoso, tranquilo, con un mínimo de habitabilidad y un precio aceptable, es el santo grial de cualquier ciudadano, y aquel que lo logra se convierte en el Indiana Jones de los arrendamientos.

Mi búsqueda de apartamento comenzó varios días después de que E. recogiera sus cosas y yo procesara emocionalmente las situación. Olivia se convirtió en mi agente inmobiliario durante los días posteriores, compartiendo conmigo todos aquellos letreros y anuncios de «Se alquila» próximos al taller, realizando llamadas y concretando citas con dueños y gestores. Durante días estuvo recorriéndose las calles bajo un sol de angustia y un aire asfixiante. Llegaba derretida al taller.

—Jefa, tú no te preocupes, que yo lo voy a encontrar.

—Olivia, cielo, pero que yo te acompaño, de verdad, no hace falta que vayas tu sola... Con este calor... Siendo para mí... —Me daba apuro, la verdad.

—Nada. Nada. Nada. Es mi reto personal, Fabiola. Tú tienes que estar aquí en Fablier atendiendo a tus clientes y a las cosas importantes. Mi trabajo es ayudarte, ¿no? y, ahora, ¿qué es lo que más urge?

—Encontrar un piso para mí... Tienes razón —acepté sin más titubeos.

—Bueno, pues no se hable más —me contestó Olivia muy decidida—. Después de comer he quedado con un señor que tiene disponible un estudio a unos trescientos metros de aquí. Después visitaré a una chica muy agradable que me ha comentado que alquila su apartamento durante unos meses... ¿Unos meses también puede servirte?

—Ahora mismo me sirve todo —le dije con algo de resignación

—¡Vale! Luego te cuento.

Me imagino a Olivia en aquellas visitas, yendo de un lado a otro de las casas, como un pequeño roedor a toda velocidad, estudiando cada minúsculo detalle, examinando la calidad de los materiales, midiendo el ángulo de la inclinación solar incidiendo sobre el suelo, comprobando la presión del agua de los grifos, las juntas de las baldosas, el tipo de calefacción, el aislante de las ventanas, el número total de escalones hasta llegar a la finca y las calorías quemadas en el intento... Realizando un detallado informe de absolutamente todo y formulando un montón de cuestiones a los dueños, mientras los mira fijamente a los ojos a través de sus gafas de pasta.

—Y, dígame, este piso ¿qué certificado energético tiene? ¿En qué año se construyó la finca? ¿Tiene portero? ¿El importe de la tasa de recogida de basuras está incluido en el precio del alquiler? ¿Dónde se encuentran los contadores del agua? ¿Podría ver los recibos anteriores pagados?

Olivia, aunque sea capaz de distraerse con una mosca, cuando tiene una tarea, es muy eficiente. Es la más eficiente. Más que yo, incluso. Creo que tiene alma de inspectora.

Lamentablemente, muy pocos apartamentos pasaron su evaluación de calidad y los que lo hicieron, se alquilaban por precios escandalosamente altos.

—¿Te puedes creer que en el estudio que acabo de ver el lavabo estaba al lado del fregadero y el baño era una puerta frente al frigorífico? —me contaba Olivia, alucinada.

—¿Y la ducha?

—¡En el salón!

—Bueno, así puedes reformular el tan aclamado «sofá, peli y mantita» por «sofá, peli y duchita».

—¡Ja, ja, ja! Fabiola... Ese chiste es malísimo.

—Confiesa que tiene un poco de gracia. ¡Te has reído!

—A mí me hizo mucha gracia. Soy muy simple.

La búsqueda de mi apartamento soñado comenzó a complicarse cada vez más. Siguiendo el calendario de los hechos y organizando las circunstancias, ya sólo me quedaban apenas tres semanas para abandonar mi pequeño palacio y trasladarme por completo a otro espacio, a otra vida. La ansiedad se estaba apoderando de mí y, por algún motivo, me acordé de mi madre, de nuestra última conversación por teléfono y de mi antiguo apartamento...

«Ojalá pudiese volver a atrás, a aquella casa, a aquel ambiente tan especial. Ojalá pudiese volver a ser aquella Fabiola de antaño», pensé.

Y ahí fue donde se me encendió la bombilla.

¿Por qué no llamar a mi antigua casera, la señora Concha? Durante los seis años que estuve en aquel piso, siempre mantuve con ella un trato muy agradable. ¿Por qué no contactar con ella de nuevo para preguntarle si el apartamento se encontraba libre?

Rebusqué por mi agenda su contacto rápidamente y llamé sin dudar. Quien respondió no era ella y, por unos instantes, pensé que me había confundido de número.

—¿Dígame? —me contestó una voz muy varonil.

— Buenos días. Mmm... ¿Podría hablar con la señora Concha?

—Soy don José Luis, su hijo —me contestó directamente aquella voz grave—. Dígame, ¿quién pregunta por ella?

—Ah, sí, disculpe. Debería haber empezado por ahí. —contesté algo cortada—. Soy Fabiola, Fabiola Gómez. Supongo que ella se acordará de mí. Sí, fui la inquilina del apartamento de la calle Cedro durante unos años...

—Ah. Fabiola... —dudó un momento—. ¿La diseñadora?

—Sí, esa misma.

—Ahh, sí. Encantado, señorita Fabiola... Y bien, ¿cuál es el motivo de su llamada? —aquel tono tan solemne y educado me producía bastante respeto.

—Ehmm, pues llamaba con la intención de preguntarle a la señora Concha si, por casualidad, el apartamento se encuentra libre en estos momentos... —repuse algo incómoda—. Mire, he roto con mi pareja y debo encontrar una casa y... —No sé por qué razón siempre le cuento mi vida a todo el mundo.

—Entiendo, señorita Fabiola. Lamento decirle que el apartamento ahora mismo no está en alquiler... La señora Concha falleció unos meses atrás y...

—¡Oh! —le interrumpí—. Lo siento muchísimo, de verdad. Siento incomodarle. No tenía ni idea...

—No, no se preocupe —respondió—. No tenía por qué saberlo, fue algo repentino que ha sobrecogido a toda la familia... —se arrancó a explicar don José Luis en un tono notablemente afectado, antes de cambiar de registro rápidamente—: Lo siento. No está disponible, como le digo. Los últimos inquilinos fueron bastante descuidados y dejaron algunos impagos...

—Claro, entiendo... —respondí.

—... Además, el piso necesita una reforma importante... Algo que la familia, dadas las circunstancias, no pretende asumir... Y por ese motivo, estamos valorando su venta... Es un asunto muy complicado. Lo entiende, ¿verdad?... No estamos interesados en arrendarlo...

Cuando escuché la palabra «venta» sentí un pálpito en el corazón, como una señal. ¿Por qué no había valorado antes la idea de ser propietaria? Siempre he pensado que era algo inalcanzable para una persona como yo. ¿Cuál sería el importe que tendría que desembolsar? ¿Podría conseguirlo? Debía informarme lo antes posible... Siempre he creído a pies juntillas en eso de que «cuando una puerta se cierra, una ventana se abre». Y si no, un balcón... ¿Sería esta una oportunidad para mí? ¿Por qué no preguntarle?

—Sí, sí. Por supuesto. Lo entiendo, don José Luis... Y, disculpe, pero... ¿en torno a qué precio están valorando ponerla en venta? Puede que yo esté interesada...

—Ah, entonces, ¿estaría interesada en comprar el apartamento? En tal caso, se lo digo, pero lo mejor sería comentar los detalles en persona...

Cuando escuché a don José Luis mencionar la cuantía que habían estimado pedir por la finca me sorprendí en silencio e intenté contener la efusividad, pues lo que pedían por aquel apartamento era una ganga. Era mucho dinero, en realidad, pero teniendo en cuenta la localización, los metros de la casa, la terraza, la luz y todos esos asuntos importantes para un inmueble, era una gran trato.

Sin pensar ni medio segundo, me lancé a postularme como la nueva propietaria.

—... Sí, sí, podemos hablarlo... Y, dígame, don José Luis. Ehmm... ¿Podría acercarme a ver el estado del inmueble en algún momento? Conozco perfectamente la casa, como puede imaginar, pero como me ha comentado que los anteriores inquilinos provocaron algunos desperfectos...

—Claro, Fabiola. Mire, dentro de un par de horas debo acercarme al centro a hacer unos recados... Si le viene bien, podríamos reunirnos hoy mismo en la finca y así le enseño cómo está.

—¿Esta misma tarde?

—Sí, si no le es inconveniente. Tenemos previsto irnos de vacaciones a nuestra residencia de verano en un par de días y, si no es hoy, ya no sería posible hasta dentro de un mes y medio... Además... Bueno, cabe mencionar que es algo que nos urge gestionar cuanto antes... Ha llamado en el momento idóneo. Qué casualidad. Hemos valorado ofrecérselo a un fondo de inversión, ya sabe lo complejo que es todo el tema de las herencias y las inmobiliarias... — me dijo con tono preocupado.

—Claro, claro. No se preocupe. No estoy lejos de la zona. Trabajo cerca de allí. Nos vemos esta tarde.

Cuando colgué el teléfono, me recliné en mi asiento, pensativa y nerviosa. Mientras tanto, Olivia, que había estado atenta a la conversación, me miró con ojos de entusiasmo y en seguida añadió:

—¡Yo voy contigo! ¡Yo voy contigo! ¿Puedo ir contigo?

Y allí estábamos las dos unas horas después, de camino a mi antiguo apartamento.

Desde que abandoné aquella casa hace tres años, no había vuelto a pasear ni a acercarme por la calle Cedro. Es curioso.

Mientras Olivia y yo nos aproximábamos al portal, observaba con detenimiento todos los locales y fachadas de los edificios.

Me sentí un poco extraña. Todo era igual pero también totalmente distinto.

Algunos comercios habían cerrado; otros negocios se mantenían y, en su gran mayoría, habían cambiado de actividad. Las ciudades crecen, cambian y se reconfiguran a un ritmo vertiginoso; es increíble.

Al llegar al portal, por un momento tuve la inercia de sacar las llaves de mi bolso para abrir la puerta; al fin y al cabo, eso era lo que había estado haciendo durante muchos años. No obstante, en esta ocasión debí llamar al timbre. Me resultó extraño.

—Hola, don José Luis, soy Fabiola.

—Hola, sí. Suba. Suba...

Al poner el pie en el portal, los recuerdos parecían ser actores esperando pacientemente su turno para salir al escenario, en este caso, a mi cabeza, uno detrás de otro.

Aquellas escaleras habían sido testigo de muchísimas cosas, y no sólo del comienzo de la historia de amor con E. —aquí nos dimos nuestro primer beso de despedida en la primera cita que terminó unas plantas más arriba y al día siguiente—, aquel lugar había sido el telón de fondo de numerosos y grandes acontecimientos en mi vida.

Tras subir aquellos peldaños de madera antigua y crujiente a cada paso, llegamos hasta la cuarta planta. La puerta se encontraba entornada y pasamos, no sin antes golpearla tres veces con mis nudillos, para anunciar nuestra llegada.

—Pase, Fabiola —escuché decir a don José Luis desde el otro lado—. Discúlpeme un momento, estoy al teléfono.

—No se preocupe, le esperamos.

Olivia y yo entramos por el pequeño recibidor de la entrada y caminamos hacia el salón-cocina que, a aquella hora de la tarde, estaba totalmente inundado de una luz maravillosa. Mientras esperábamos a que su propietario terminase su llamada y nos atendiera, fui observando y comparando mentalmente todas las diferencias que era capaz de recordar.

Aunque aquellos muros mantenían la misma disposición que años atrás, aquel lugar parecía otro totalmente distinto. Cada pared de la casa ahora estaba pintada de un color diferente, a cual más terrible: verde pistacho, morado, rosa fucsia... Todo utilizado de manera arbitraria, sin sentido alguno. Nada que ver con el suave blanco marfil intercalado con papeles pintados ingleses que yo había utilizado durante mi estancia. Aquello era un completo desorden.

Además, algunas zonas del parqué antiguo del salón se habían levantado y tenían manchas negras de humedad; la persiana que daba salida a la pequeña terraza —un verdadero cementerio de plantas— estaba rota y para traspasarla había que agacharse. En la cocina, más de lo mismo: algunas puertas de los armarios estaban rotas y llenas de mugre, los electrodomésticos acumulaban una especie de moho y las baldosas del suelo blanco ahora eran de color gris.

¿Cómo era posible que en tan sólo tres años hubiese adquirido ese aspecto?

Me aventuré a seguir indagando y llegué hasta el baño, detrás de la cocina, donde encontré más de lo mismo: suciedad y desperfectos; el espejo estaba roto —¿alguien se atreve a vivir con un espejo así? ¿Acaso no saben la mala suerte que eso da?—, la bañera y el inodoro pedían a gritos clemencia y un buen chorro de amoniaco, y un olor a humedad reconcentrada lo invadía todo.

Olivia, que iba acompañándome por cada estancia, sólo fue capaz de exclamar en voz baja:

—¡Ostras! ¿Pero aquí vivían personas?

Pasamos hasta el fondo, en el otro extremo del apartamento, donde se encontraban las habitaciones.

En mi antiguo dormitorio, que antes lucía un papel pintado precioso sobre unas molduras de madera y ahora se presentaba en un color azul celeste muy vibrante, las puertas de los armarios empotrados estaban desencajadas y rotas; el suelo estaba rayado y lleno de polvo... Y en las ventanas habían colocado unos estores de láminas de aluminio, —¿ahí era posible dormir?— que dejaban entrever un cristal roto de la ventana. Casi me da un infarto.

—Está claro que la gente que anteriormente vivía aquí no era muy cuidadosa con el tema vidrio, ¿no crees? —acertó a comentarme Olivia.

Próxima a mi antiguo dormitorio, se encontraba la otra habitación, la que en su momento perteneció a diferentes compañeras de piso hasta que, tras la marcha de la última de ellas —de mi querida y adorada Steffi, la alemana—, decidí comenzar mi aventura profesional como diseñadora, convirtiendo aquel espacio en mi primer estudio de trabajo.

Allí di mis primeros pasos en el mundo de la moda.

Lo que encontré fue igual de desesperanzador que todo lo anterior, suciedad, objetos rotos y mal gusto.

Me entristeció un poco hallarlo todo tan destartalado, pero, a pesar de la pátina de dejadez, era capaz de seguir viendo su potencial y su antiguo esplendor. Esos techos altos, aquellas molduras antiguas y esa magia seguían siendo perceptibles para mí.

Mientras Olivia y yo repasábamos el resto de detalles de mi anterior hogar, apareció por el pasillo don José Luis, un señor robusto y de buen porte, con el pelo blanco y una barba corta perfectamente perfilada, que destilaba un aire de elegancia innata. Era de aquellos hombres que suelen captar la atención de mi madre en pocos segundos: educado, bien vestido y amable.

—Disculpe la demora, señorita Fabiola. Ya estoy con usted... Y bien, ¿qué opina del apartamento? Como le he comentado esta mañana, los últimos inquilinos fueron un desastre... No sabe la cantidad de problemas que nos han ocasionado... Mire qué mal aspecto tiene todo...

—Ya veo, ya, don José Luis. Esto poco o nada tiene que ver con el piso que yo dejé... Antes necesitaba una actualización... Ahora precisa de una reforma integral... —le dije con un tono algo inquieto.

—Sí, hay que invertir dinero y darle un lavado de imagen, pero estoy seguro de que alguien como usted puede conseguirlo... —respondió en tono amistoso—. Entonces, ¿qué le parece? ¿Sigue interesada? ¿Estaría de acuerdo con la cantidad que le he comentado esta mañana?

Ahí dudé y me puse un poco nerviosa porque fui consciente de que, aparte del precio del inmueble, la reforma no iba a ser especialmente económica. Olivia me lanzó una mirada de «Fabiola, aquí hay mucho trabajo, no seas tonta y aceptes a la primera». Debía regatear el importe que don José Luis me había comentado, de alguna forma, pero soy nefasta en esos asuntos.

—Mmm... ¿Le parecería bien hacerme una pequeña rebaja? —tanteé muerta de miedo por si recibía un «no» como respuesta—. Tenga en cuenta que debo realizar una gran inversión para volver a dar vida a este espacio. Además, yo aquí estuve viviendo seis años y siempre pagué el alquiler a tiempo y... Y el piso va a estar en buenas manos...

—Bueno, Fabiola, entienda que aquí no decido sólo yo, sino la familia... La cantidad que barajamos está ajustada a las condiciones en las que se presenta el inmueble... Pero bueno, si realmente le interesa la compra, hablaré con ellos. Por mi parte, yo no pondré impedimento alguno... Eso sí, nos urge realizar la operación cuanto antes...

—¡Oh! —exclamé—. ¿De verdad? —Me dieron ganas de darle un abrazo.

—Bueno, creo que nuestra madre estaría feliz de saber que esta casa se queda en manos de alguien conocido y confiable. Que va a seguir siendo un hogar con alma y no uno de esos miles de apartamentos turísticos e impersonales en manos de inversores... Ella vivió en esta casa antes de casarse con nuestro padre... Recuerdo que alguna vez ella me habló de usted...

—¡Sí, claro! ¡En las mejores manos! —contesté feliz—. Vale, sí. Estoy muy interesada, lo quiero, pero antes debo hablar con el banco, el notario y todos esos asuntos... —Aquí sentí vértigo—. El tema burocrático no es lo mío, pero sí... Sí, yo quiero esta casa. Espéreme, por favor...

—No se preocupe, Fabiola. Yo estaré un par de días más en la ciudad y a su total disposición por si le surge alguna duda. Necesitaré, eso sí, firmar un contrato de arras para garantizar su reserva. ¿Le parece bien? Estamos en contacto —me dijo en un tono tranquilo que me inspiró confianza.

Olivia y yo dejamos el apartamento y bajamos las escaleras en silencio, conteniendo el evidente deseo de comentar todo lo sucedido hasta que estuviésemos en la calle.

—¡Qué emoción, Fabiola! —gritó Olivia a pleno pulmón—. ¡Ojalá te lo quedes! ¡Te va a quedar espectacular! ¡Tiene mucho encanto, aunque ahora mismo sea una pocilga!

—¡Ja, ja, ja! Bueno... Primero hay que ver qué me dicen en el banco porque yo no tengo todo ese dinero que me piden... Pero bueno, algo ahorrado tengo, aunque no mucho... Y sé que comprar una casa y hacer una reforma es muy costoso... Mañana me acercaré a la sucursal.

—¡Ya verás como sí! ¡Confía! —me dijo Olivia mientras me daba un abrazo.

Toda aquella adrenalina recorriendo mi interior mitigó mi tristeza y mi angustia durante unas horas y me permitió soñar en algo nuevo, dibujó una nueva ilusión. Me sentí afortunada, de algún modo.

Aquella tarde lo olvidé todo, al menos, momentáneamente... La tristeza se convirtió en vapor de agua y dejó paso a la alegría y la ilusión.

A pesar de que todavía quedaban muchos puntos por resolver, yo fui feliz en mi inconsciencia, imaginando mi nuevo hogar. Dicen que el dinero no da la felicidad, pero lo cierto es que te quita muchos quebraderos de cabeza.

Es posible que, en esta ocasión, aquella fuese la dosis de esperanza que necesitaba.

—6—

Hoy es el quinto día de mi pausa, ya es miércoles y, misteriosamente, comienzo a sentirme algo mejor. No ha ocurrido nada relevante en mi vida que haya captado mi atención, y tampoco he recibido noticias de nadie. Sin embargo, por alguna razón, me he despertado más tranquila, sin la presión habitual en el pecho, sin esa tristeza persistente y frustrante. Desconozco si con el paso de las horas eso cambiará; es probable, pero al menos la sensación inicial ya es diferente y eso me reconforta.

«¿Tendrá esta sensación algo que ver con el hecho de que hoy sea el quinto día de mi retiro?», me he preguntado de improviso.

Según la numerología, el número cinco se asocia con la libertad y la aventura. Por lo tanto, quizá tenga algo de sentido que me encuentre así justo en este día, en el quinto... O tal vez no tenga nada que ver, pero como se ajusta a estas circunstancias, puedo considerarlo como una opción. Me viene bien pensarlo así.

Observo cambios, aunque sean pequeños, y eso es mucho.

Tenía razón Olivia con su insistencia en que me tomara un descanso.

Atendiendo a mis experiencias del pasado y a la forma en que por entonces afronté aquellas decepciones —con las herramientas, la madurez y el autoconocimiento que en ese momento poseía—, había pensado que este período de vacaciones no me iba a servir de gran cosa, que esta pausa se iba a convertir en un infierno estival lleno de ruido interno. De hecho, estaba totalmente segura de que lo único que conseguiría sería profundizar más en la herida y aumentar el dolor constante de mi corazón y por eso me negaba a alejarme de lo cotidiano.

Me he equivocado.

Hace unos años, estas circunstancias me habrían sumido en una marea de desórdenes y en un dramatismo extremo. Me hallaría merodeando por un *cul de sac*, regodeándome constantemente en lo negativo y actuando desde la falta de amor propio. Rogando amor y comprensión, perdonando lo imperdonable. Arrastrándome...

Sin embargo, atrás ha quedado todo aquel sinsentido y me asombra gratamente darme cuenta de los sutiles pero significativos progresos que estoy logrando al mantener mi firme propósito de avanzar y aceptar las circunstancias. Me abrazo a mi melancolía, la entiendo y la reconozco, sí, pero me niego a que se apodere de mí.

Esto es un punto de inflexión. Uno de tantos que se nos presentan a lo largo de la vida. No es el primero, pero tampoco será el último... Debo seguir.

Y me siento algo fuerte.

Supongo que esto tendrá algo que ver con esta nueva capacidad de contemplar la situación desde una perspectiva diferente, mucho más madura y saludable, gracias al trabajo introspectivo realizado con mi terapeuta y al transcurso del tiempo... Aunque el tiempo no siempre lo es todo.

¿Por qué lo solemos poner todo en sus manos?

El tiempo por sí mismo no cura. Lo hacemos nosotros junto a él. Nos necesitamos mutuamente para continuar.

¿Me estaré haciendo mayor? ¿Por qué siento menos dolor del que anticipaba? ¿Es común? ¿Quizá había algo en mí que presentía que esto sucedería? ¿Es posible que E. no fuese realmente la persona idónea para acompañarme? ¿Le quería de verdad o simplemente amaba que él me quisiera a mí? ¿Era feliz a su lado?

Durante estos días he sentido que la maraña inicial de preguntas se iba deshaciendo poco a poco, como si un jardinero hubiera estado retirando las malas hierbas que cubrían mi jardín interior y me hubiese revelado una serie de realidades que yo no había tenido en cuenta hasta ahora, o que quizá no había atendido en su justa medida en el momento en que sucedieron, y quedaron ocultas bajo la mirada ciega del amor.

Porque el amor a veces nos hace ver las cosas de una forma totalmente diferente a como realmente son, y cuando estamos enamorados en ocasiones resulta complicado poder mirar más allá...

—Pero, Fabiola, ¿por qué no te diste cuenta antes?

—Porque estaba enamorada.

Así de simple.

Esta calma me está ayudando a reorganizar y construir un nuevo paradigma, un nuevo futuro —a pesar de que ahora mismo todo esté algo desequilibrado y confuso—, pero también me está enseñando algunos aspectos que yo había descuidado y debo cambiar. Esta pausa me está ayudando a coger mucha perspectiva.

Estoy aprendiendo, de nuevo. ¿Quién lo hubiera pensado?

Al encontrarme mentalmente más ligera, y considerando que debo abandonar esta preciosa casa en cuestión de días —justamente cinco días, también—, me pregunto si el número cinco me está enviando señales. Tras mi desayuno insípido habitual, he decidido que ha llegado el momento de empezar a organizar el traslado y de recoger mis cosas con calma, estudiando con cautela cada objeto. Me propongo deshacerme de todo lo inútil y caduco, de lo que ya no deseo que me acompañe nunca más, y conservar lo que pretendo que siga formando parte de mí y de mi camino.

Para llevarlo a cabo, además de energía, necesitaré cajas de cartón, embalajes, cinta, mantas y la ayuda de alguien, ya que no creo que vaya a poder yo sola con todo esto. Hay demasiado trabajo y poco tiempo.

Hasta nuevo aviso, mis enseres aún no tienen un destino concreto, más allá de un trastero, y eso me incomoda bastante. La incertidumbre nunca se me ha dado bien, pero en cuanto diseñadora de moda y dueña de mi propia empresa, he aprendido a tolerarla, en cierto modo. Mi vida discurre, en general, en un limbo de desconocimiento de toda visión de futuro que vaya más allá de unos meses y una colección. Resulta muy agobiante en ocasiones.

La búsqueda de apartamentos en alquiler ha sido terrible y nada productiva, así que la única solución viable a estas alturas ha sido guardarlo todo y reservar un par de maletas con ropa, hasta que decida dónde pasar las próximas semanas y hasta que conozca la resolución de la llamada que tantos días llevo esperando y que empieza a impacientarme sobremanera.

Tengo todas las esperanzas puestas en que se produzca hoy. Necesito que algo me dé cierta seguridad.

«Hoy es el día de la libertad. Hoy es perfecto».

De momento, no necesito más.

Tiempo atrás, bajo estas circunstancias, estaría ansiosa por recibir noticias de aquel que me rompió el corazón

—una llamada de E.—, ya fuera regalándome una nueva oportunidad o una conversación que simbolizase un verdadero cierre... Pero ya he entendido que lo más probable es que esto no suceda y que no siempre estas conversaciones logran cerrar una historia, al contrario, la remueven más. La remueven para nada... Y esto ya no es lo que yo siento que necesito.

Ya no hay más espacio en mi vida para E. No quiero saber nada.

Temo incluso el momento en que pueda recibir una contestación a la carta que le dejé...

En este momento, la información que más alivio me producirá, y que tanto estoy esperando, no está relacionada con mi pasado, sino con el futuro inmediato. Proviene del banco: de la aprobación del crédito que solicité para obtener la hipoteca que me permitirá adquirir mi antiguo apartamento y emprender mi nuevo camino.

El gestor de una sucursal bancaria tiene en su haber todas las esperanzas y voluntades de una mujer en plena debacle emocional —¿cómo es posible que una persona tan ajena tenga el poder de convertirse en una autoridad en mi vida?—, y con una simple gestión habitual en el desarrollo de su trabajo puede conseguir hacerme muy feliz. Resulta terriblemente absurdo observar que toda la felicidad se concentre en torno al dinero, pero la vida adulta es así de fría y superficial en ocasiones.

Este es el último mensaje que recibí de su parte:

«Muchas gracias por la documentación aportada, señorita Fabiola. Con todo ello procederemos a estudiar su caso con el director de la entidad e intentaremos darle una respuesta lo antes posible. Tenga en cuenta que estas fechas son algo complicadas para el desarrollo de estos informes porque la mayor parte de los equipos se encuentran reducidos... Pero esperamos poder dar luz verde a esta operación...».

Y así sigo, esperando.

Ya van unos cuantos días a la espera, casi dos semanas. ¿No es demasiado?

Siempre he tenido el sueño de adquirir una casa, aunque nunca la había considerado una opción viable. Me ha resultado casi imposible ahorrar dinero, ya que todo lo que con tanto sacrificio y esfuerzo he ido ganando lo he destinado a otras cosas: a mis estudios, a mi negocio, a los problemas que han ido surgiendo... En la actualidad no tengo un gran colchón económico con el que pueda contar para lanzarme sin miedo, sólo mi atelier y el trabajo pendiente de sacar adelante. Poco más. El último año ha sido muy complicado y he estado a punto de la quiebra...

Además, por alguna razón, imaginaba que, en el momento de convertirme en propietaria, lo haría junto a alguien, con un proyecto común de futuro, para formar una familia... Quién sabe. Tengo la costumbre de idealizar hasta el infinito y construir historias perfectas. De esas de película de sobremesa. De esas que nos han contado siempre que eran las idóneas.

Si todo sale adelante, es posible que el artífice de esta operación no vaya a ser ninguna pareja, pero sí alguien con quien mantengo un vínculo muy especial y que ha estado junto a mí toda la vida: mi querido padre.

Y todo, por casualidad. La noche en la que acababa de llegar a casa tras haber estado en el antiguo apartamento con Olivia y don José Luis, mi padre, que se encontraba en un crucero por el Mediterráneo junto a su actual mujer, me llamó, como cada semana, y mantuvimos una larga conversación.

—Hija, ¿qué tal va todo? —me saludó con su tono cariñoso de siempre—. ¿Qué tal va ese corazón roto? ¿Ya te has deshecho de todas las cosas de ese sinvergüenza?

—¡Hola, papá! Ja, ja, ja... ¡Cómo eres!... Sí, E. vino la semana pasada a por sus cosas y ya no queda ni rastro de él en casa...

—¡Bien! ¡Así me gusta! ¿Y has vuelto a hablar con él? No, ¿verdad? —aquí su voz adquirió un tinte más serio.

—No. Ni una palabra, papá...

—Mejor... Que no me entere yo de que ese pijo absurdo se vuelve a poner en contacto contigo bajo ninguna circunstancia... —me respondió con su habitual contundencia.

—No digas eso... Es una persona maravillosa. He pasado casi cinco años con él... Sé que nuestra relación no ha terminado de la manera más adulta imaginable, pero...

—¿Adulta? —me interrumpió—. Fabiola, querida, ese idiota es un cobarde que no te merece y debería darle vergüenza actuar así... ¡Pues vaya con el señorito de buena familia!

E. y mi padre nunca congeniaron demasiado bien. En las seis o siete ocasiones que coincidieron a lo largo de nuestra relación —cumpleaños, visitas a la ciudad y fechas señaladas—, no lograron establecer una conexión. Aunque compartían valores fundamentales prácticamente idénticos, sus ideales y perspectivas sobre negocios, economía y otros asuntos más mundanos eran diametralmente opuestos. Esto, junto con el áspero carácter de mi padre y la testarudez de E., los llevó a mantener tensas conversaciones, donde los argumentos de E. solían quedar en desventaja.

—Fabiola, yo te quiero mucho pero no soporto a tu padre. No me escucha —me comentó en alguna ocasión.

—Sí te escucha. Lo que sucede es que no dice lo que tú quieres oír y eso te desespera...

A mi padre siempre le ha apasionado debatir todo tipo de asuntos y explorar diferentes puntos de vista; es, de hecho, su mayor pasatiempo. Disfruta estudiando a las personas a través de sus palabras y acciones, una práctica que realiza constantemente gracias a su aguda observación. Después de pasar muchos años atendiendo al público en su obrador de pastelería, ha desarrollado un sexto sentido para percibir más de lo evidente en las personas.

Es prácticamente imposible engañarlo, ya que posee la habilidad de advertir cuando alguien no es verdaderamente como se muestra. Cuando esto sucede, cuando detecta algo poco sincero, despliega sus armas, sus palabras, para poder descubrir las verdaderas intenciones de las personas.

Es curioso, pero casi siempre acierta... Y, por algún motivo, no sé exactamente cuál, E. nunca fue de su agrado. Su radar acertó.

—... Bueno, está claro que él no era feliz a mi lado, papá —proseguí—. Se habrá hartado... Ya no estará enamorado... Ha sido un año muy complicado, ya lo sabes... Han pasado muchas cosas... Yo he estado muy involucrada en mi trabajo y él se habrá sentido desatendido emocionalmente... O eso es lo que he estado pensando...

—¿Desatendido emocionalmente?... ¡Fabiola, que eras su novia, no su madre! —saltó enfadado—. Por supuesto que han sido momentos complicados... Pero en la vida siempre están sucediendo cosas; eso que dices es una tontería. Ya sabemos que los últimos meses has tenido que trabajar más de la cuenta, que te has involucrado al máximo en el taller para mantenerlo a flote... ¿Acaso tenías otra opción? Has tenido que luchar por sacar adelante tu negocio, tu sueño... Y eso sólo se consigue a base de sacrificio y esfuerzo, ¿qué otra forma hay?...

—Ya..., papá...

—... Además, ¿qué esperaba de una mujer como tú? Eres una chica independiente, siempre lo has sido. Nunca has necesitado nada de ninguno de nosotros para salir adelante, para forjar tu carrera... ¿Es que él te mantenía económicamente? ¿Ha hecho algo por ti en este tiempo? ¿Era tu socio? No, ¿verdad? Entonces, ¿qué? ¿No será que le intimidaba que su chica se sintiese más realizada que él? Igual tenía celos de tu pasión por tu trabajo, ¿no lo has pensado?

—Eso no tiene sentido, papá... Él también trabaja mucho... —respondí en voz baja.

—... Entonces, ¿qué demonios le pasa por la cabeza a este chico? Si eres una mujer de éxito... ¿Se sentirá inferior? Claro, debe sentirse minúsculo a tu lado... Eres mucho para él, hija mía. Eres brillante... ¿Qué les pasa a los hombres con las mujeres que son excelentes en su profesión?...

—No sé... El admiraba mi trabajo y aplaudía mi talento, papá —le respondí convencida—. Es cierto que no lo vivía con la misma intensidad que yo, pero creo que estaba orgulloso de mí...

—¿Y no será que ha conocido a otra persona y ahora intenta culparte de ello, verdad? Que te esté diciendo que se siente desatendido y que por eso ha pensado que debe buscar otras opciones que le hagan sentir más amado... Claro. Será eso. Será que necesita alguien que esté veinticuatro horas a su plena disposición... Una amante sin complicaciones, sin horarios... Menudo caradura.

—No, no, papá... No existen terceras personas... Vamos, eso creo.

—¿Estás segura, hija? Hay mucho cobarde inmaduro por ahí que al mínimo contratiempo sólo sabe huir... Los he visto... En cuanto se sienten ignorados, por la razón que sea, salen despavoridos... Como este pobre diablo... —Cogió aire de nuevo y continuó—: Y menos mal... Menos mal que esto está sucediendo ahora y que no tenéis cargas familiares...

—Ya, bueno... —le interrumpí.

—... Porque, imagínate, piénsalo bien, Fabiola mía. ¿Qué habría sucedido si en algún momento hubierais tenido hijos y todo el esfuerzo y cariño se hubiera concentrado en ellos? ¿Qué pasaría ahora? Porque esto es lo que sucede cuando surgen nuevas responsabilidades y no se puede llegar a todo de la misma manera; el orden de prioridades cambia y... ¿También se hubiera sentido dejado de lado? ¿Y qué habría hecho entonces? ¿Salir corriendo, también?

—Pero, papá..., estás hablando de supuestos... Tienes razón en lo que me dices, pero esas no son mis circunstancias.

—Lo sé, hija, lo sé. Simplemente quiero que abras los ojos y te des cuenta de que esto, por mucho que te duela, es lo mejor que ha podido suceder... Ya lo entenderás... Conociéndote como te conozco, estoy seguro de que tú hubieras hecho todo lo posible por seguir con él... A toda costa. Ahí, para él, a su merced.

—Bueno, yo estaba muy enamorada papá... Y lo sigo estando, aunque me duela reconocerlo. No me agrada que pienses que no habría hecho nada si hubiese notado algo extraño... Para mí, todo estaba bien entre nosotros... —le respondí, serena, aunque empecé a notar como la emoción humedecía mis ojos—. Evidentemente, no era perfecto... ¿Pero acaso alguna relación lo es?

—No, cariño, las relaciones no son perfectas, pero tampoco es una razón de peso para ignorar lo que no nos gusta o vemos que no funciona bien... Debo confesarte que ese idiota tuvo muchos detalles negativos hacia ti... No he querido decirte nada antes, pero...

—¿Y crees que ahora es el momento de contármelo? —le espeté, molesta.

—No, no. No quiero entrometerme. Sólo te daba mi opinión, hija mía. Creo que alejándote de él todo mejorará... Te restaba energía. Míranos a tu madre y a mí... La mejor decisión que tomamos fue divorciarnos...

—Bueno, papá, no sé si mamá opina lo mismo...

—Mmm... No es momento para hablar de tu madre, no... —Prosiguió mi padre con su explicación—: Lo que te quiero decir es que una relación debe actuar como soporte, no como una carga. La persona que está a nuestro lado debe ser consciente del momento en el que nos encontramos y actuar desde el amor, con compromiso, con entrega, con valentía... Así es como se construye un futuro de dos... Acompañando, sosteniendo... Siendo un equipo...

—Lo sé, lo sé... —las palabras de mi padre, pese a su crudeza, me fueron abriendo los ojos un poco más, pero yo estaba deseando cambiar de tema—. De todas formas, eso ya es pasado y yo debo seguir adelante... —atajé.

—Hija mía, siento ser así de duro... —y por fin cambió de tema—. Entonces, dime, ¿estás bien?, ¿cómo va la búsqueda de apartamento?, ¿has encontrado ya algo aceptable?... Me enorgullece sentirte tan fuerte...

—No, la verdad, los alquileres están por las nubes y no hay nada que se ajuste a mis necesidades... Bueno, no es cierto... Sí que he encontrado algo, de hecho, he estado esta tarde visitando un lugar especial...

—¡Ah! ¿No me digas? Cuéntame, hija...

—Sí... ¿Recuerdas mi apartamento de la calle Cedro?

—Claro, allí tenías el taller antes, ¿no?... —Se quedó un segundo en silencio, pensativo—. ¡Ah! ¿Está disponible? ¿Has pensado en trasladarte allí de nuevo?

—Mmm, sí... Bueno, no... No exactamente. Ya no lo alquilan. Lo han puesto en venta y he ido a verlo. El precio que piden por él es una oportunidad, así que estoy pensando en valorar la opción de comprarlo... Es una gran decisión. Mañana por la mañana iré al banco para ver si puedo hacer viable la operación —le dije con un dejo de preocupación—. Con las cuentas como están ahora, dudo que me concedan una hipoteca, pero quiero informarme de todos modos. ¿Tú crees que será posible, papá?

Mientras hablaba con mi padre, fui notando cómo mi euforia inicial se iba desvaneciendo. Su sinceridad fraternal, llena de experiencia, me había introducido de nuevo en la neblina de mi tristeza y de mi dolor hacia E. La preocupación y los nervios volvieron a la palestra y, junto a ellos, las dudas y el miedo. De alguna forma, había abierto un cajón mental que yo había cerrado con llave. Sus palabras, preguntas y razonamientos resonaban en mi cabeza. De repente todo se tornó oscuro. Incluso la idea de la compra del apartamento comenzó a parecerme un disparate, algo inalcanzable...

Pero, por suerte, ese momento de flaqueza se desvaneció en pocos segundos. Mi padre me ofreció una oportunidad que no había considerado.

—Mmm, Fabiola, querida... No lo sé, ya sabes que los bancos últimamente miran con lupa la viabilidad de todas sus operaciones... Pero, bueno... Si es una oportunidad y yo puedo hacer algo por ti... Quiero que consideres contar con mi ayuda. Yo puedo prestarte el dinero que necesites o ser tu aval.

Las palabras de mi padre me produjeron un extraño alivio y también un tremendo pudor. ¿Qué había hecho mal en la vida para que mi padre tuviera que dejarme dinero a mis treinta y ocho años? ¿Cómo era posible que después de tanto trabajo y tanto esfuerzo no fuese capaz de conseguir el dinero por mis propios medios y tuviese que optar por aceptar su ayuda para alcanzar un sueño?

—Gracias, papá... No sé qué decirte. No me gusta que tengas que prestarme dinero... Ahora que ya no trabajas, ¿crees que es una buena idea? ¿Te lo puedes permitir?

—Pues claro, hija. No tengas vergüenza, que soy tu padre. Ahora estoy en uno de los mejores momentos de mi vida y tengo unos ahorros. Nunca me has pedido nada y creo que es el momento de ayudarte. Quiero verte feliz y no aceptaré un no como respuesta... Ahora bien, ese dinero tendrá que volver a mí en algún momento, porque espero vivir muchos años y tengo muchos planes en mente.

—Ah, sí, sí... ¡Por supuesto! Yo te lo devolveré, cuenta con ello. —Reconozco que yo ya había pensado que me daba el dinero sin más, pero mejor así. Un préstamo parental es un concepto diferente, es una ayuda, no un regalo. De esta forma me sentiría menos culpable—. Te quiero mucho papá, muchas gracias.

—Un placer, querida hija mía. Llámame con lo que necesites. Ahora debo dejarte, es la hora de la cena en este inmenso barco y hoy hay sesión de cabaret. ¡No sabes lo bien que lo estamos pasando!

—¡Me alegro mucho! ¡Disfrutad todo lo posible!

—Así lo haremos. Te quiero, hija... ¡Ah! ,Y por favor, ni se te ocurra contactar con ese idiota nunca más... Y, si lo hace él, lo mandas al carajo de mi parte.

Mi padre se jubiló hace un par de años, tras una vida repleta de horas de trabajo, jornadas interminables y mucho esfuerzo para sacar adelante su negocio: un obrador de pastelería y panadería en el pueblo donde crecimos. Aquel local había pertenecido a una de sus tías, y a su muerte, él tomó las riendas. Había heredado un hermoso proyecto familiar, lleno de azúcar, harina y levadura, que hacía las delicias de todos los habitantes de aquella villa y nos permitía vivir tranquilamente. No era una vida de lujo ni repleta de comodidades, pero no hacía falta; no necesitábamos muchas cosas, y nunca nos faltó nada.

Sin embargo, aquella empresa tan exigente nos privó de su presencia familiar, ya que sus jornadas de trabajo comenzaban de madrugada y terminaban casi a la hora de comer. Durante el resto del día, en las horas hábiles habituales —aquellas que podría haber compartido con nosotros—, él se encontraba durmiendo o inmerso en miles de gestiones, y el peso de la responsabilidad de la casa recaía en manos de mi madre y de mi abuela Petra. Apenas coincidíamos con él a diario, en el mismo espacio de tiempo. Pese a vivir todos bajo el mismo techo, yo le sentía ausente en muchas ocasiones.

—Hija, yo pensé que estaba haciendo lo mejor para la familia, para los míos. Me maté a trabajar para que no os faltase nunca nada. Te pido perdón por no haber compartido más experiencias contigo. —Se disculpó mi padre años después.

Entiendo que no debía ser nada fácil para él gestionarlo todo, y aun menos cuando mi madre, que se encargaba de despachar en la tienda, decidió separarse, harta de verse convertida en una empleada más en lugar de en su esposa.

Debe ser muy bonito y, a la vez, complicado trabajar al lado de la persona que amas, compartiendo todas las responsabilidades. Supongo que, al pasar tantas horas juntos, la fina línea entre lo laboral y lo personal se diluye fácilmente, si no existen ciertos límites, y los roces y los malentendidos van surgiendo. Si no existe una buena comunicación en la pareja y una adecuada forma de abordar y afrontar los problemas, las desavenencias se van acumulando día tras día, hasta que explotan.

Y lo hicieron. Todo saltó por los aires.

Es posible que esta historia anterior, este germen de infancia —la separación de mis padres—, haya dejado un precedente en mi interior, influyendo en mi forma de ver y gestionar las relaciones. Quizás por eso reniego de compartirlo todo con mis parejas, buscando mi anhelada independencia, mi espacio propio y mi necesidad de valerme por mí misma en todo, sin pedir ayuda. Quizá se deba a ello también este firme deseo de seguir adelante.

—Fabiola, es lógico pensar que tu niñez haya marcado tu manera de vivir hasta ahora —me ha comentado alguna vez mi terapeuta.

—Ya... Algo tendrá que ver... ¿Te refieres a elegir a sujetos inaccesibles y muy ocupados con sus actividades y trabajos? ¿A mi inclinación por las relaciones a distancia?

—Sí, ellos actúan como la figura paterna ausente... Es el patrón que mejor reconoces y el que tu interior cree que necesita...

—Pero, Inés, entonces ¿qué pasa con mi necesidad de espacio y de valerme por mí misma?

—Eso también tiene mucho que ver... Pero no es culpa suya, de tus padres. No podemos culpar a los demás de nuestras emociones ni de la manera de relacionarnos con el resto. No podemos reescribir nuestra historia. Sí podemos acudir a ella para descubrir las claves de lo que debemos hacer en el presente.

—Claro, claro... Entonces, no puedo usarlo de excusa cuando las cosas no van tal y como me gustaría, ¿no? Cuando cometo fallos. y eso, que es lo que suele hacer la gente...

—¡Ja, ja, ja! Fabiola, me haces reír... Pues no, me temo que no —me contestó mi terapeuta, muerta de la risa. No sé por qué le hizo gracia. Yo lo decía en serio.

Desde la jubilación de mi padre, nuestro vínculo se ha fortalecido notablemente. Creo que ha dejado de verme como una niña para observarme como una mujer adulta, compartiendo mis miedos y mis historias de igual a igual. Ahora que no tiene labores que atender ni horarios que cumplir, me dedica todo el tiempo que necesito, escuchándome y comprendiéndome. Su talante recio y seguro, antes infranqueable, se ha ido suavizando con el paso del tiempo, y eso le ha permitido conectar mejor con mi sensibilidad. No siempre fue así. Últimamente, todo ha ido muy bien con mi padre; en cambio, con mi madre, sigo teniendo profundas diferencias. Ella me juzga constantemente, y él no.

Confío en que esta situación cambie en algún momento de mi vida...

Tomar la decisión de retirarse y confiarle todo a mi hermano Óscar no fue sencillo para papá. En aquel obrador del pueblo, su vida entera estaba tejida entre levadura y agua, no existía nada más que su labor, por lo que no me sorprende que atravesara una pequeña depresión después de dejarlo. Durante mucho tiempo se resistió a pasar el testigo a mi hermano, porque no consideraba que estuviera preparado —igual que un monarca que duda de la capacidad de su heredero—, y así continuó desempeñando sus funciones con la misma dedicación y pasión hasta que su propio cuerpo le envió señales, pidiéndole que se detuviera de una vez. Una enfermedad respiratoria, causada por inhalar partículas de polvo y harina durante años, marcó el punto de inflexión.

—El cuerpo es sabio, hija. Si tú no paras, te para él a ti —recuerdo que me dijo en el hospital cuando fui a visitarle. Y es así.

Por todas las conversaciones que he mantenido con mi padre desde entonces, intuyo que él también tuvo que realizar una gran mudanza. En su caso, se enfrentó a una importante transición vital, algo que solemos creer que nunca llegará mientras estamos activos y somos jóvenes, con miles de cosas que hacer y metas que alcanzar, cuando las articulaciones no nos duelen, las visitas al médico son esporádicas y no somos plenamente conscientes del tiempo que pasa.

Solemos pensar que la jubilación es la panacea para cualquier trabajador, el descanso merecido y perseguido; sin embargo, es mucho más que eso. Es un traslado emocional a todos los niveles, y no hablo sólo de los cambios relacionados con la alteración de nuestra rutina habitual y la reestructuración de la vida cotidiana. Va mucho más allá; jubilarse exige cambios profundos que nos obligan a adaptarnos a una nueva identidad y buscar un nuevo propósito que nos mantenga ilusionados y con ganas de seguir aprendiendo, de descubrir los secretos continuos de la vida.

Por esa razón, yo decidí ser un apoyo para mi padre en su búsqueda de nuevos horizontes y objetivos. Entre ellos, abrir de nuevo su corazón a otras personas y animarse a conocer a gente distinta, ajena a su entorno habitual en el pueblo, permitiéndose ser él mismo, sin responsabilidades y sin apariencias que mantener delante de nadie.

Retomó la lectura, los paseos por el campo, la jardinería y el bricolaje. Comenzó a recibir clases de inglés, a viajar junto a un grupo de jubilados, a practicar senderismo, a ejercer labores de voluntariado y a cuidar de los hijos de mi hermano Óscar, convirtiéndose en el abuelo perfecto, dedicándoles a ellos todo el tiempo que no pudo compartir con nosotros...

Incluso encontró el amor junto a una mujer excepcional, Celine, una profesora francesa también retirada y vecina de un pueblo cercano al nuestro. Ha iniciado una historia de amor con ella y es con quien viaja habitualmente. Todo esto sucede ante la atónita mirada de mi querida madre, que no es capaz de reconocer que ella también debería hacer lo mismo en lugar de criticarle a sus espaldas.

—Fabiola, no entiendo qué le ha pasado a tu padre. Es un hombre totalmente diferente al que yo conocí. No le reconozco. —Mi madre hablando con cierto desdén de papá—. ¿Te puedes creer que ahora está recorriendo el mundo junto a una mujer que conoce desde hace unos meses, mientras que con nosotros nunca se atrevió ni a cruzar el continente?

—Bueno mamá, las personas evolucionamos y papá está en su derecho de hacer con su vida lo que considere...

—Ya, hija ya... Pero es que no sé, a estas alturas de su vida, andar enamorándose y comportándose como un adolescente...

—Mamá. No seas así. No digas eso. ¿Un adolescente? ¿Por tener nuevas ilusiones y propósitos? Bah... ¿Te estás escuchando? Creo que no estás hablando tú, sino los celos que esto despierta en ti...

—¡Uy, uy! ¿¿Celosa yo??

—Sí, mamá. Tengo la sensación de que estás comparando con el presente momentos que forman parte del pasado y eso es un error. Te recomiendo que no lo hagas. Ya no sois las mismas personas... ¡Han pasado veinticinco años! ¿No te das cuenta? Tú deberías hacer lo mismo que él y ampliar miras...

—¿Te refieres a liarme con el primero que pille? Ya tengo una edad, hija mía, soy una señora y no me dejo engatusar por cualquiera. Yo prefiero estar sola.

—¡Cómo eres, mamá! De verdad... El amor no tiene edad, recuérdalo... Además, ambos habéis vivido otras historias durante este tiempo. ¿Ya no te acuerdas? No es nada nuevo... Ahora bien, si tú te sientes mejor en soledad, es tu elección y está bien, pero no juzgues o critiques lo que decidan hacer los demás...

—Bueno, bueno..., Fabiola. Tú siempre defendiendo a tu padre...

—No le estoy defendiendo... —Mi madre me pone de los nervios—. Es igual, déjalo, mamá.

Mi madre muestra evidentes signos de rencor en su interior. En varias ocasiones, he insistido en que busque la ayuda de una terapeuta para liberarse de esas partes oscuras que percibo que le causan daño, pero ella se niega rotundamente. Por lo tanto, no puedo hacer mucho más.

Somos una familia de testarudos. Es genético.

Somos piedras duras, como las de Stonehenge. Igual.

La larga conversación con mi padre hizo que saltase de la cama muy temprano al día siguiente para dirigirme a primera hora al banco.

Reconozco que mientras me acercaba a la sucursal, me sentí muy segura de mí misma y muy ilusionada, a la par que nerviosa... Pero los bancos comparten un raro aura con los hospitales, generan un extraño respeto y despiden la misma luz fría e inhumana. Creo que deberían contratar a un buen grupo de interioristas que les aporten calidez o bien decantarse por cambiar de mobiliario. Esos escritorios blancos y esas sillas negras metalizadas forradas de tejidos ásperos en colores sólidos son capaces de amargar a cualquiera.

En el banco formalicé mi solicitud y presenté toda la documentación financiera. Luego, me dirigí al notario para obtener información sobre el contrato de arras que debía firmar con don José Luis —es terrible la cantidad de gestiones que hay que hacer para absolutamente todo, F. Scott Fitzgerald seguro que habría escrito una gran novela con toda esta trama de transacciones y papeleo— para asegurarme la reserva del apartamento mientras en el banco evaluaban concederme o no una hipoteca. Tras ello, temblé al comprobar el saldo final de mi cuenta.

El camino hasta el taller lo recorrí con el pulso acelerado. No sé ni cómo llegué.

—¡Fabiola! —exclamó Olivia al verme entrar por la puerta de Fablier—. ¿Ya has ido al banco? ¿Qué te han dicho? ¿Qué va a pasar con el apartamento?

—De momento, lo he reservado... ¡Uff, Olivia! Espero que me lo concedan porque, de otra forma, perderé el dinero que acabo de entregarle a don José Luis.

—¿Ya lo has reservado? ¿Va a ser tuyo? ¡Wow! —Olivia estaba alucinada—. ¡Qué gran noticia!... ¡Tú sí que eres decidida, Fabiola! No como yo, que hasta para acudir a una cita necesito consultar antes el historial amoroso del susodicho, incluido un informe médico de posibles enfermedades contagiosas.

—¡Ja, ja, ja! Lo sé, Olivia. Todo está sucediendo muy rápido... —respondí sin perder tiempo—. No sé cómo soy capaz de adentrarme en todo este embrollo. No sé de dónde saco la energía... Por otro lado, tu obsesión por la información detallada roza lo patológico, ¿eh? Por eso me encanta trabajar contigo; eres muy organizada, todo lo que yo no consigo ser en ocasiones.

—Bueno, yo creo que soy adicta a la información. Me gusta saberlo todo para poder tomar la decisión correcta —me contestó muy segura de sí misma—, y para eso debo estudiarlo todo al detalle...

—Lo sé, cielo, pero a veces hay que dejarse llevar por el sentimiento, por la intuición, ¿sabes? Hay que atender a las vísceras, por dos motivos: primero porque resulta imposible saberlo todo siempre, y segundo porque, aun sabiéndolo, nada te asegura que vaya a ser lo correcto.

—Bueno, ya, pero...

—Hazme caso, las oportunidades son como los amaneceres: si esperas demasiado, te los pierdes...

—Claro, pero ¿y si te equivocas? —replicó Olivia, preocupada.

—Pues si me equivoco, algo aprenderé y comenzaré de nuevo todas las veces que sean necesarias. Seré una valiente. Arruinada pero valiente. Hay que perderle el miedo al miedo.

—Yo no sé cómo puedes vivir así...

—¡Ja, ja, ja! ¡Yo tampoco! Pero no hay otra opción...

Cuando tengo las cosas claras, soy muy decidida. No me demoro en perseguir lo que quiero. Otras personas darían mil vueltas y realizarían mil ofertas... No es mi caso. Si quiero algo, voy a por ello. No hay más.

Después de todo aquel periplo bancario y notarial, no me quedó otro remedio que esperar... Y ya han pasado quince días.

¿Me llamarán hoy? ¿Debería contactar yo, de nuevo? Ya lo he hecho en varias ocasiones, aunque para recibir siempre la misma respuesta:

—Estamos estudiando su caso, en cuanto el director de la sucursal vuelva de sus vacaciones terminaremos de ejecutar la operación. Precisamos de su aprobación.

El ejercicio de paciencia que estoy realizando con todas estas circunstancias me va a convertir en un ser de luz. No he necesitado viajar a Bali para conseguirlo, como mi amiga Lucía.

Antes de comenzar con toda la locura de las cajas, la limpieza y la selección de objetos, me he acercado hasta el tocadiscos del salón. Observando los vinilos para elegir una canción perfecta con la que amenizar la tarea, mi mirada se ha detenido en uno en concreto que siempre me hace feliz y que suelo reservar para ocasiones en las que necesito un chute de energía. Es «Loaded» de la Velvet Underground. Cuando lo escucho me creo una joven artista alocada rodeada de caos, viviendo en un universo paralelo de creatividad y personajes irreverentes, disfrutando intensamente cada noche como si fuese la última... Y yo necesito una dosis de adrenalina, de risas y de baile.

¿Por qué no aprovechar la ocasión y abrir también una de esas botellas de vino carísimo que guardo en el estante de la cocina? Por suerte, E. no recordó su existencia y continúan allí.

Voy a celebrarme.

Estoy viva, sigo conmigo y me parece el momento idóneo para disfrutar... A mi manera.

—7—

Los comienzos que suceden a un punto de inflexión son siempre complicados: organizar una mudanza, iniciar un trabajo, enfrentarse a una página en blanco o empezar una relación.

En cada uno de ellos experimentamos una mezcla de miedo, incertidumbre, nervios e ilusión, sin importar en qué momento de la vida nos encontremos. Asomarse al vértice de los cambios siempre genera cierto respeto, pues implica dejar atrás todo lo conocido hasta la fecha —nuestra comodidad habitual, nuestras rutinas, nuestra forma de ver las cosas, nuestro espacio seguro, nuestras emociones...— para aventuramos hacia un futuro incierto. Cualquier inicio se asemeja a un salto al vacío, ya sea premeditado o repentino.

Afrontar estos comienzos requiere valentía; eso está claro... Y todas las personas capaces de dar un paso al frente y encararse con total voluntad a lo desconocido merecen mi profundo respeto. A fin de cuentas, reunir el coraje para resurgir o romper con todo es una gran hazaña.

Resulta casi inevitable no pararme a pensar en qué habría sido de mí si nada de esto estuviera sucediendo, si los caminos escogidos a lo largo de mi vida hubieran sido distintos, si hubiera dicho «no» en aquellas ocasiones en las que dije «sí», y viceversa.

¿Cómo sería mi biografía en tal caso? ¿Dónde estaría yo ahora?

Me imagino disfrutando de una existencia más amable y perfecta, diferente, de haberme inclinado hacia el otro lado de la balanza en aquellos momentos de zozobra...

Me cuesta aceptar que podría haber sido peor. ¿Por qué? Podría serlo. Ha existido la misma probabilidad, así que debo considerarme afortunada por todo lo conseguido.

Se me hace casi imposible no rebuscar en los entresijos de mi mente los motivos por los cuales está ocurriendo todo esto, si es que existe alguno, y escarbar entre los restos del pasado intentando intuir algunas señales. Cuando nos rompen el corazón o fulminan nuestros sueños, solemos creer que, de haber sido de otro modo, todo hubiera sido mucho mejor... Pero eso no tiene lógica alguna, simplemente habría sido distinto y no seríamos la persona que somos hoy, sino otra. Una que jamás llegaremos a conocer.

—Vamos a ello, Fabiola —me he dicho en voz alta después de beber dos sorbos de mi copa de vino—. Es hora de empezar a gestionar esta tragicomedia de una vez por todas. Manos a la obra.

Con la inusitada energía temporal que, entre los nervios y la pesadumbre, me ha regalado el día de hoy, me he dirigido escaleras arriba cargada con varias bolsas y cajas de cartón que guardábamos en el garaje, una cinta de embalar y un rotulador.

La primera parada se ha producido en la zona del vestidor, cercana a lo que solía ser nuestro dormitorio. No tengo claro por qué he optado por comenzar por ahí, pero he pensado que tendría sentido abordar primero todo lo que ya no uso y revisarlo con detenimiento, ya que mi intención es deshacerme de lo innecesario.

Antes que nada he seleccionado algunas prendas que podré seguir utilizando en los próximos días y las he metido en dos maletas, como si estuviera a punto de irme de viaje, aunque el destino aún no esté claro. He incluido algunas mudas, bañadores, ropa cómoda, un par de vestidos por si surge alguna ocasión más formal y todo lo que he considerado necesario para sobrevivir «estilísticamente» durante varias semanas.

Terminada esta tarea, me he puesto con todo lo demás.

Resulta curioso observar cómo ha evolucionado mi estilo con el paso de los años, al igual que mis gustos y preferencias se han ido acomodando y puliendo en mi personalidad. Siento que estoy frente a una pequeña biografía temporal narrada en tejidos y patrones que hablan de mí y contienen un montón de recuerdos. A veces, estas prendas son como pequeñas cápsulas del tiempo, como fotografías mentales conectadas a sensaciones que llegan directamente a mi corazón.

Es posible que mi visión resulte un tanto romántica y carente de fundamento, soy consciente, pero la sensibilidad que me acompaña me impide observarlo de manera más pragmática y ajena. Todo lo que me rodea forma parte de mí y de mi esencia. Todo guarda un recuerdo, alguna persona o algún aprendizaje.

Este armario abarrotado contiene muchas vidas. Hay de todo. Algunas de las prendas que guardo con sumo cuidado me parecen un sinsentido y están sin estrenar —pues no han encontrado ocasión de ser lucidas en todo este tiempo, como ideas vagas o sueños incumplidos que había estimado que tendrían lugar en algún momento de mi vida y, sin embargo, no llegaron a suceder—; unas han sido tan habituales a lo largo del tiempo que ya me resultan aburridas; otras me llevan directamente a vivencias junto a E. —cómo era de esperar—, entre otros muchos recuerdos.

Debajo de una chaqueta de pelo marrón, en la misma percha, he encontrado una camisa beige semi transparente de cuya existencia me había olvidado por completo al quedar cubierta. Si mal no recuerdo, la llevaba puesta la primera vez que E. y yo nos conocimos, cuando nos presentaron.

Al sostenerla en las manos, antes de meterla en la caja de los descartes, he vuelto a revivir las circunstancias de aquel encuentro, hace unos seis años, en la presentación de la exposición de un artista en una galería de arte.

Por aquel entonces yo no solía participar en muchos eventos de ese tipo, de arte y cultura y gente interesante —nada que ver con mi actualidad, repleta de compromisos, fiestas y gente inspiradora—; de hecho, ni siquiera estaba invitada. Mi círculo social no incluía, en esa época, a muchas personas del ámbito creativo del arte o la moda, aunque sí de la música y la vida nocturna, que eran mis escenarios habituales... Steffi, mi antigua compañera de piso, y yo nos colamos en aquella galería de paredes blancas, atiborrada de gente con copas de champán y conversaciones sesudas, con la excusa de ver a su amante. Ella mantenía una relación esporádica con uno de los organizadores y me pidió que la acompañara para no presentarse sola ante él y parecer una psicópata... Así que fui como apoyo emocional, intentando vivir una experiencia diferente y considerando que, si las cosas entre ellos terminaban bien, regresaría sola a casa, pero con la satisfacción de haber ayudado a mi amiga a conseguir su hazaña.

Cuando entramos a la galería, apenas cruzamos la puerta, Steffi buscó con la mirada a su amante. En cuanto lo localizó, me agarró del brazo y me llevó en volandas hacia el fondo del local para colocarnos en un punto estratégico donde poder ser interceptadas por su campo de visión. Así, por casualidad.

Su galán estaba inmerso en una conversación con un grupo de chicos, ajeno a nuestra llegada, hasta que nuestra presencia la interrumpió. Se acercó a nosotras y se presentó. Steffi, con su seguridad habitual, se lanzó rápidamente hacia él e hizo un aparte para hablar con él, así que me quedé sola a escasos metros de tres desconocidos —uno de ellos altamente atractivo con barba de un par de semanas y pelo revuelto que revolucionó mi sistema nervioso— que, al observarme sola y tras analizarme con su mirada de arriba a abajo, se acercaron a presentarse.

—¡Hola! ¿Te han dejado sola en esta aventura?

—Eso parece —respondí algo cortada.

—No te preocupes, nosotros te adoptamos... Me llamo E. y estos son Alfonso y Luis.

—Ah, hola. Encantada, chicos. Yo soy Fabiola —me presenté algo aturullada.

—Un placer, Fabiola. Dinos, ¿qué te trae hoy por aquí? ¿Qué te parece la exposición? —me preguntó E. mirándome directamente a los ojos mientras esbozaba una sonrisa de oreja a oreja que me fulminó al instante.

—¿Cuál?

—Ehmm, ¿en la que estás?... —me respondió con cara de asombro—. La de la galería, las obras del artista...

—Ah, ah. Perdón no te había entendido —seguía fulminada—. Pues... resulta que todavía no he tenido tiempo de verla, acabamos de llegar...

—Ah, entiendo... Bueno, es muy interesante. Deberías darte un paseo por las obras. Es magnética. —El tono de voz de E. era muy amigable y sosegado—. Me fascina el arte. Valoro enormemente la capacidad de los artistas para reflejar sus ideas en un lienzo, me resulta enigmático. Ojalá yo tuviese algo de esa creatividad...

—Bueno, creo que no hace falta ser artista para ser creativo. ¿No crees? Uno puede serlo en cualquier ámbito, sólo se precisa de imaginación... —Yo, procurando ser amable.

—¿Tú crees, Fabiola?... Yo soy abogado y me considero muy poco creativo, todo lo contrario... Mi lado artístico sólo se intuye cuando toco la guitarra de vez en cuando y lo hago bastante mal. ¡Ja, ja, ja!... Y tú, ¿a qué te dedicas?

—Yo soy diseñadora... Bueno, diseñadora nupcial... Bueno, acabo de montar mi propia marca... En realidad estudié arquitectura, pero no me llegué a licenciar... Y ahora voy a perseguir mi sueño... —no sé por qué les di tantos detalles.

—Bueno, eres artista también, ¿no?... Es decir, confeccionas vestidos de novia, así que... ¿Qué eres? ¿modista?... —me respondió E. con un tono en el que me pareció detectar un dejo de desdén—. O sea, Fabiola, ¿tú coses vestidos o los creas?... Así que vistes a novias... ¡Uf! Eso debe de ser complicadísimo, las mujeres os ponéis insoportables con las bodas...

—Sí... Bueno, hay personas de todo tipo... Eso que me comentas suena un poco mal... —respondí en voz baja, avergonzada y ofendida, en cierto modo.

¿Y ese comentario tan mediocre, de dónde salía?

—¿Y crees que tiene futuro?... —Nos interrumpió con su punto de vista uno de sus colegas—. Yo creo que todas las bodas son un fracaso. ¿Quién se atreve a casarse hoy en día? ¿Qué sentido tiene? Yo hubiera seguido por el terreno de la arquitectura, creo que es menos arriesgado y mucho más lucrativo.

Las palabras de aquel chico también me resultaron muy incómodas.

¿Cómo unos completos extraños se atrevían a juzgarme y a opinar de mi trabajo sin conocerme de nada? Así, de repente. ¿De qué iba todo aquello? Creo que mi cara reflejaba perfectamente mi estado de estupefacción. Algo a lo que E. contribuyó con su siguiente comentario:

—Es cierto, la arquitectura es mucho más fascinante. Las bodas son una tontería. ¿Por qué cambiaste de gremio? No entiendo por qué se casa la gente... —Hizo una breve pausa—: Y, dime, Fabiola, ¿haces algo más aparte de vestidos?...

—¿Dedicarme a mi pasión? —les espeté.

¿Cómo que «algo más aparte de vestidos»? Me sentí humillada, ¿qué pandilla de imbéciles era esa? Quise salir corriendo y desaparecer, habían tocado de lleno en mi tecla del orgullo. Me disculpé y me acerqué a por una copa de champán. De camino hacia el camarero, consideré la opción de largarme. Con Steffi ocupada hablando con su amante y yo sintiéndome fuera de lugar, en cuanto divisé la puerta, salí corriendo y me fui sin despedirme.

Hui.

¿Para qué necesitaba quedarme allí conversando con ellos? Quizá estaba actuando de una forma un tanto dramática ante una conversación inicial, pero a veces hago ese tipo de cosas.

Nunca me ha gustado la gente con prejuicios, y ese grupo de chicos tan directos con sus comentarios me hizo sentir inferior, juzgada de alguna forma. A pesar de la brevedad del encuentro, resultó muy incómodo.

Mejor desaparecer. Soy experta en realizar bombas de humo.

Siempre me he agarrado a la máxima de Oscar Wilde que dice: «sólo tienes una oportunidad de causar una primera impresión», y la que yo tuve de E. no fue muy buena... Así que nunca hubiera imaginado que, meses más tarde, después de que el destino nos juntara de nuevo en dos ocasiones más a través del amante de Steffi, él me invitase a tomar un café y yo, sorprendentemente —pese a mi infranqueable frialdad, a mi reticencia y a que siempre esquivara sus acercamientos—, accediese a ello.

—Vamos, Fabiola, queda con él. Es un chico muy interesante, además de atractivo... —intentó convencerme Steffi en varias ocasiones.

—Lo sé, Steffi. La verdad es que me parece muy sexy... Pero tengo la impresión de que no tenemos nada que ver... ¿Por qué quiere que tomemos un café? ¿De qué vamos a hablar?

—Supongo que le causarás curiosidad, ¿no? Algo habrá en ti que le haya llamado la atención...

—¿Tú crees? Yo no lo tengo muy claro. Somos de dos universos totalmente diferentes y, además, tengo la sensación de que maneja una agenda de contactos considerable y yo voy a ser una más en la larga lista... —No me gusta la gente con prejuicios, pero yo también los tengo; esa es otra de mis incoherencias—. ¿No crees que es posible que quiera quedar conmigo porque yo le resulte algo «exótico»...?

—Bueno, Fabiola, no te adelantes. Prueba y diviértete. Es un simple café. Evidentemente, no vas a ser el primer café compartido de su vida... Pero tú tampoco acabas de salir de la fábrica, Schatz. —Ella utilizaba mucho este término cariñoso cuando hablaba conmigo, significa «tesoro» en alemán—. Tienes que darle una oportunidad... ¿No te causa algo de curiosidad a ti también?... Venga, suéltate. Airearte un poco te vendrá bien.

—Visto así, puede que tengas razón. Nunca he quedado con un abogado, no he conocido a ninguno... Quizá debo ampliar mis horizontes...

Steffi tenía razón. ¿Por qué no tomarme un café con él? A fin de cuentas, no tenía nada que perder. Lo consideré como una ocasión para conocer a alguien distinto de lo que generalmente había captado mi atención, de toda esa lista de profesiones y tipos singulares que desbordaban mi extenso libro de experiencias.

Mi historial amoroso estaba plagado de relaciones cortas e intensas con narcisistas de manual que me habían destrozado el corazón y la autoestima a base de mentiras, secretos y manipulaciones. Habían sido músicos, escritores, arquitectos, restauradores, relaciones públicas... Hombres traumatizados por relaciones anteriores, inmaduros o prepotentes, incluso caraduras; mi catálogo de personajes incluía vínculos a distancia inviables y devastadores —que yo consideraba posibles—, y a todo tipo de personajes autóctonos y extranjeros conocidos en mis salidas nocturnas... Intercalado con sujetos amables pero demasiado entregados desde el primer momento y sin ambición alguna, dependientes emocionalmente, que me producían un aburrimiento extremo y un agobio considerable.

Llegué a creer que mi cuerpo emitía alguna señal o algún olor característico sólo perceptible para una clase de animales o de hombres con claros problemas emocionales; de otra forma, no me explicaba el porqué de mi nula capacidad de selección amorosa fructífera en términos vinculantes.

En aquel entonces, para mí el amor sin dolor no era amor.

Si no se trataba de una prueba o un reto que debiera experimentar a base de esfuerzo por conseguirlo, no era amor, sólo un pasatiempo. Cuando aquellas personas se involucraban demasiado en mi vida me causaban reticencia y me generaban desinterés... Me terminaba estresando.

Si no me suponía un esfuerzo extra, no valía la pena.

Por esa razón, sentía una extraña devoción por las relaciones en las que yo debía andar detrás de ellos, intentando llamar su atención o queriendo salvarles y curarles de sus traumas; sólo así eran lo suficientemente atrayentes para mí.

¿Tenía algún sentido?

—Fabiola ¿por qué te cuelgas de los más idiotas? —me decía Steffi casi siempre—. ¿No ves que este tío pasa de ti? Cuando alguien tiene verdadero interés en ti, se preocupa y te busca...

—Bueno ¿Y si no tiene tiempo porque realmente está muy ocupado? A mí me viene bien verle una vez cada quince días...

—¿Tú crees? Venga ya, Fabi...

Toda yo era una incongruencia con patas. Mientras buscaba defender mi independencia y necesitaba espacio, deseaba atención y cuidados... Esto se tradujo en una extraña predilección por sujetos emocionalmente no disponibles: creía que así dispondría de la distancia suficiente para entregarme con reservas, a mi manera, de vez en cuando, aunque secretamente anhelaba formar parte de sus vidas.

Era una paradoja.

Tenía miedo a comprometerme por completo, pero también deseaba encontrar a alguien con quien compartirme, y esa contradicción marcaba mis elecciones. Una espiral absurda.

Hoy, con el conocimiento adquirido a través de tantas experiencias vividas, comprendo estas dinámicas tan perniciosas. ¡Al fin! —Aunque a veces se me olvidan—. Sin ellas, si hubieran sucedido de otra manera, seguramente seguiría desconociendo estos aspectos tan tóxicos y mal entendidos por mi parte... Pero en aquella época, mi autoestima estaba por los suelos y no me dejaba ver con claridad. Por esa razón mi corazón iba trepando de árbol en árbol y de rama en rama, buscando algo que ni siquiera reconocía, contentándome con las migajas y restos sentimentales que me entregaban aquellos individuos, y que yo entendía como suficientes, como un todo.

Un todo que no era absolutamente nada.

Con todo ese bagaje anterior, mi trayectoria emocional me había proporcionado varios apuntes con los que esbozar lo que esperaba vivir en mis próximas relaciones de pareja.

No sabía exactamente lo que estaba buscando, pero sí lo que no estaba dispuesta a negociar —lo cual ya era bastante por entonces.

No tenía ni idea de lo que quería, pero tenía muy claro lo que no.

Al principio, en la época de mis veinte años, anhelaba que mis parejas participasen de mis gustos musicales, que fuéramos a conciertos juntos y compartiéramos vivencias. Me derretía por ese tipo de chicos que causan sensación entre las jóvenes desbordando carisma y dejando corazones rotos a su paso. Cuanto más canallas, alocados, irreverentes y divertidos, mejor. Cuanto más pasotas, infantiles y caraduras, más me gustaban. Evidentemente, buscar con ellos una estabilidad tenía las mismas probabilidades de éxito que ganar un sorteo de la lotería: escasas, por no decir nulas.

Después de aquellas primeras desilusiones amorosas, llenas de superficialidad e infidelidades, comencé a pulir algunos aspectos. Comencé a descartar la idea de tener gustos compartidos y aficiones similares —no eran totalmente necesarios— para inclinarme hacia hombres más creativos, más intelectuales, con conciencia social, experiencias previas, señales de madurez emocional y trabajos estables... Los resultados fueron casi idénticos.

A partir de los treinta, mis gustos también fueron cambiando y ya no sólo no me conformaba con todo lo anterior, sino que ahora también exigía en ellos ambición, capacidad de escucha activa, voluntad de formar parte de algo, reconocimiento personal, empatía, sentido del humor y estabilidad en todos los aspectos... Y camisas planchadas y buen olor. Fundamental.

—Fabiola, ¿no crees que pides demasiado? —me decía Steffi entre risas.

—No sé, yo pido lo que estoy dispuesta a dar. ¿Acaso te parece mucho?

—No, querida, *überhaupt nicht,* en absoluto... Está bien saber qué quieres, pero si pones el listón tan alto siempre te vas a sentir frustrada en algún aspecto. Tienes que dejarte llevar... No vas a encontrar a alguien igual que tú...

—Ya, Steffi... No pretendo que sea igual que yo. No creo que pudiese soportar a alguien idéntico a mí, ¡ja, ja, ja! Con aguantarme a mí misma ya me parece bastante ... Pero si me dejo llevar sin sentido, me va a pasar lo de siempre y bastantes cicatrices mal curadas soporta mi corazón.

—Claro, Fabiola... Sólo te aconsejo que ignores un poco esos pensamientos y que disfrutes.

—Sí, sí. Eso quiero, divertirme. Además, no sé si ahora mismo estoy preparada para mantener una relación con nadie...

En realidad sí que estaba preparada para tener una relación, pero ya lo había dado por descartado, conformándome con lo que fuera: un lío, un amante, un amigo especial, un algo... Pero esto es algo que negaré categóricamente delante de cualquier tribunal.

El primer café informal que compartí con E. fue todo un descubrimiento, mucho mejor de lo que había esperado. La experiencia fue breve, como una toma de contacto, y, a pesar de mi reticencia inicial y de los atípicos nervios que sentía, me encontré extrañamente cómoda charlando con él. Detrás de aquella elegante y correcta fachada pude vislumbrar una personalidad irreverente y divertida, bohemia y culta. ¿Quién lo hubiera pensado? Era totalmente embaucador y elocuente, de ese tipo de personas que dominan muchos temas —o parecen dominarlos— y a las que te apetece seguir escuchando eternamente.

Para no desprestigiar mis desastrosos hábitos y meteduras de pata en el ámbito de la conquista, hice gala de mi peculiar sinceridad a destiempo. Debía romper tanta corrección:

—He de confesar que la primera vez que te vi, me diste la impresión de ser un imbécil, pero quizá debo retirar esa imagen que había fabricado sobre ti.

—¡Ja, ja, ja! ¿En serio? Bueno, Fabiola, no te confíes. Realmente soy un imbécil, tarde o temprano te darás cuenta de ello, pero dame tiempo para desplegar el resto de mis encantos... —E. con su ironía particular.

Nos reímos mucho, hablamos de todo un poco y, entre el carisma y el sentido del humor innatos de E., la temperatura primaveral que reinaba en el ambiente y mis hormonas revolucionadas, volví a mi apartamento en una nube. En compañía. ¿Quién lo hubiera dicho? De alguna forma, el enamoramiento ya estaba llamando a mi puerta...

«¡Ding, dong! Hola, Fabiola, soy tu corazón. ¿Cómo te encuentras? He venido a desmontarte los esquemas y hacer que pierdas la cabeza con este posible romance. Este chico es tal y como habías planteado en tu lista de deseos... ¿Ya no la recuerdas? Un poco más charlatán de lo esperado pero muy interesante. Enamórate. Te lo suplico».

Es imposible lidiar con nuestra propia naturaleza y ponerle freno; por mucho razonamiento que intente aplicar en estos asuntos, cuando las emociones comienzan a brotar, no soy capaz de oponerme a ellas. Me enamoro rápidamente.

No lo puedo evitar, y tras aquella breve cita —y una noche de pasión desenfrenada— mi mente ya había comenzado a dibujar futuros idílicos junto a E., sin tener apenas información de nada más.

«Y viviremos en una casa bonita, de esas que tienen chimenea aunque no se use. Iremos de viaje alrededor del mundo. Todos los jueves saldremos a cenar. Nuestros hijos serán preciosos. Tendremos dos. También dos perros y un gato. Haremos fiestas en casa. Dormiremos todas las noches abrazados. Seremos los mejores amigos. Nuestra boda será épica. Nos convertiremos en una pareja de ancianos que pasean de la mano por la calle. No existirán secretos entre nosotros. Lo hablaremos todo. Nunca nos acostaremos enfadados. Seremos capaces de intuirnos con sólo mirarnos. Nos reiremos juntos y nos apoyaremos en todas las circunstancias...».

Tengo una imaginación prodigiosa.

Volvimos a vernos una semana más tarde. En aquella segunda ocasión, fui yo la que le invitó a cenar. No habían pasado ni cuarenta y ocho horas desde nuestro café y yo ya estaba deseando volver a verle, así que no quise dilatar la necesidad de contemplar aquella sonrisa y le llamé para concretar otra cita: ¿para qué iba a esperar a que fuese él quien diera el paso si yo estaba deseando repetir?

—Debes esperar a que él te diga algo, no te apresures... —me decían siempre mis amigas.

—A la porra el manual del cortejo. No tiene sentido. ¿Qué más da que sea yo la que dé el paso?

Y le contacté y le invité a cenar. E., sorprendido, accedió de inmediato. Le encantó la idea. Tiempo después me confesó que aquella actitud decidida por mi parte le gustó porque no estaba acostumbrado a no ser él quien diera el paso.

Bravo por mí.

Quedamos en un restaurante elegante y me vestí de una forma no demasiado provocativa pero sí algo sexy, a mi manera, claro. Cuando le vi entrar por la puerta con su sonrisa y su halo de misterio y seguridad, mi pulso se aceleró. Además, olía muy bien. Entonces, se acercó hasta la mesa, me dio un beso en la mejilla y me tocó la espalda sutilmente.

—Wow, Fabiola. Estás increíblemente guapa. No te recordaba así.

—Gracias, E... Aunque veo que o el otro día estaba fea o la memoria no es tu fuerte, porque han pasado sólo dos días desde nuestro café...

—Ya, es posible... Pero a mí me ha parecido una eternidad...

La noche comenzó muy intensa.

Nuestra cena se dilató un poco más de la cuenta, algo que ambos estábamos deseando, en realidad; le siguieron unos cócteles y entre conversaciones, anécdotas y risas, terminamos la noche en mi casa. —Llegados a una edad, cuando existe una atracción evidente, hay situaciones, citas y compromisos que son un mero trámite—. Teníamos una necesidad urgente de comprobar nuestro olor, nuestros besos, el calor de nuestras manos enredadas por nuestro cuerpo y la ardiente conexión de dos miradas apasionadas, firmes y directas; de todas esas cosas que suelen terminar con fuegos artificiales... Y, evidentemente, le dimos rienda suelta a todo aquel deseo.

Hay algo mágico en los primeros encuentros, en las primeras veces. Conocer a alguien al principio, tanto a nivel físico como emocional, es como explorar a ciegas en una habitación oscura, intuyendo las formas de los objetos, las ideas, los temores, los traumas, los sueños, con curiosidad y cierto recelo, con el cuidado de no romper nada o tropezarse en un descuido. Luego, con el tiempo, llega la luz del día y todo aquello que imaginábamos reconocer o presentir se revela. Y es en ese momento, entre excusas, verdades a medias, complejos y expectativas, cuando todo comienza a mostrarse con total claridad.

Esa luz se denomina tiempo...

A la mañana siguiente, E. se despidió de mí con el pelo alborotado y, tras un profundo beso, me dijo:

—Eres fabulosa, Fabiola.

—¿Eso crees? —le respondí obnubilada, mirándole a los ojos

—Sí, he pasado una noche fantástica a tu lado. Estoy deseando repetir... ¿Hablamos para esta noche?

Y tras sus palabras, yo me derretí en el suelo del rellano de la casa. Mi cuerpo estaba poseído por un cóctel explosivo de oxitocina, serotonina y dopamina. La mezcla perfecta que te hace olvidar todo lo que te abruma o te incomoda y te hace volar muy alto y convertirte en el personaje principal de una película romántica.

A partir de aquella noche empezamos a vernos diariamente. No hubo un sólo día en el que él no durmiera en mi casa o yo en la suya. Nos sumergimos de lleno en el amor y en nuestro vínculo, sin el necesario tiempo de descanso que comúnmente se recomienda después de vivir emociones intensas, sin un paréntesis temporal donde poder reposar las sensaciones y sentimientos, observando cómo se colocan o se deben adaptar y pulir, para que sigan fluyendo de la manera óptima.

Nos dejamos arrollar por el tren del amor.

¿Qué se debe hacer sino? ¿Acaso existe otra opción? ¿Para qué reprimir todos esos sentimientos?

Por aquel entonces, E. me estaba ofreciendo todo aquello que alguna vez había anhelado en una relación: ser entregado, estar disponible para mí, ser profundo y sincero, comprensivo, cariñoso... Y me emocionaba muchísimo observar que alguien por quien yo sentía verdadera atracción me correspondiera de esa forma. Era algo novedoso y especial.

De alguna manera, así es como yo me imaginaba el amor verdadero... Como aquel que surge, se expande y arrasa con todo.

¿No era aquello lo que realmente había estado esperando toda mi vida? ¿No era E. todo lo que yo había estado buscando? Parecía que lo imposible había llegado...

Constantemente me agasajaba con regalos y palabras bonitas —no tardó mucho en decirme que me quería y que le hacía muy feliz—; me llamaba en cualquier momento, compartía sus logros y sus problemas conmigo, me invitaba a pensar en un futuro juntos...

Era perfecto.

Perfecto y agotador.

En cuestión de semanas, pasé de ser una soltera empedernida a compartir mi vida con alguien prácticamente las veinticuatro horas del día. Un cambio radical que, sin embargo, no sabía muy bien cómo gestionar. ¿Cómo frenarlo?

En ocasiones me sentí agobiada, digerir todo aquello de golpe era demasiado, pero tuve miedo de dibujarle límites con los que mantener mi propia burbuja, mi espacio propio, y que él lo pudiera entender como un rechazo. —Muy mal hecho, por mi parte—. Apagué mis necesidades y bajé el volumen de todos los pensamientos intrusivos que me sugerían incomodidad porque sí, porque yo quería vivir ese amor a toda costa.

Soy cabezota y romántica. Una bomba pasional. Una de esas que es complicado desactivar cuando creen estar bien, cuando lo que creen sentir les parece suficiente, cuando creen tener todo aquello que merecen, aunque en realidad no sea lo que realmente necesitan.

¿Cómo impedirme vivir aquella experiencia?

Al despertar a todos estos recuerdos agazapados entre las prendas del vestidor y rememorar sensaciones, la tristeza del presente ha saltado a la palestra mientras cerraba cajas y maletas. Ya no me acordaba de ella. Va y viene. A lo largo del día, mi estado de ánimo fluctúa al menor movimiento, como un gran campo de trigo mecido por el aire.

Una vez he terminado con todo eso, dejando todo perfectamente separado, etiquetado y ordenado en cajas, me dirigía escaleras abajo hacia el salón, llevando varias bolsas pesadas, cuando ha sonado el teléfono. Estaba tan ensimismada en mis pensamientos, tarareando una canción de Otis Redding, que del susto casi pierdo el equilibrio y caigo rodando.

—¿Diga? —me he apresurado a responder.

—Buenos días. ¿Es usted Fabiola Gómez? —Una voz irreconocible y seria me ha contestado al otro lado del teléfono.

—Sí, soy yo. Dígame.

—Buenos días, Fabiola. Soy Francisco Silva, el director del banco. ¿Qué tal está?

—Ah, hola, Francisco. —He empezado a temblar. Por fin, mi anhelada llamada estaba sucediendo...—. Encantada de saludarlo.

—En primer lugar, gracias por su paciencia y disculpe la demora... En esta época del año algunas gestiones tardan un poco más de tiempo en llevarse a cabo y... Bueno, ya tenemos los resultados de su estudio... —Mientras este hombre me estaba hablando, el tiempo ha parecido densificarse y transcurrir muy lento—. Y, bueno, no ha sido fácil; tenga en cuenta que los beneficios empresariales que ha obtenido en este último año han sido muy bajos y apenas dispone de ahorros. —Muy despacio... Yo le estaba escuchando con muchísima atención, inquieta, como quien espera el resultado de un concurso de la televisión ¿no podría ir ya al grano y decirme directamente el resultado?—. Pero, dejando esto de lado y conociendo el vínculo profesional que venimos manteniendo desde los últimos años y de que la operación también puede estar avalada por otro cliente... —me iba a dar un ataque—, me alegra comunicarle que su petición ha sido aceptada y vamos a concederle la hipoteca.

Casi me desmayo.

—¡¡¡¿¿¿De verdad???!!! —He gritado de la emoción.

—Sí, le agradecería que se acercara lo antes posible para proceder con los trámites y cerrar la operación con éxito. ¿Podría pasarse mañana a primera hora? En la sucursal tenemos mucho trabajo acumulado y pese a ser sábado yo me encontraré por aquí.

—¡Claro, claro! ¡Mañana mismo estoy con usted! ¡Que alegría! ¡No sabe lo que significa esto para mí! ¡Muchas gracias!

He empezado a dar brincos de alegría por la habitación, incluso se me han saltado las lágrimas. Ha sido increíble. Aunque era consciente de que había grandes probabilidades de que esto sucediera, después de mantenerme tantos días a la espera, la incertidumbre se había encargado de difuminar la esperanza, relegándola a un segundo plano. Ahora, era una realidad. Mi sueño se había cumplido; iba a ser la propietaria de mi antiguo apartamento. ¿Cómo describirlo? Creo que nunca había experimentado algo tan emocionante, o quizá sí, pero no lo recuerdo. Los momentos felices tienden a disolverse entre los recuerdos como el azúcar en el café.

Por fin, los astros han optado por alinearse a mi favor. Después de un año muy complicado en el terreno profesional y tras una ruptura abrupta y dolorosa, ha nacido una ilusión, una oportunidad... Una grande que no había contemplado hasta la fecha y, que no hubiera sido posible sin todo lo demás.

La vida es algo apasionante cuando se mantiene la esperanza.

Con toda esa emoción recorriendo cada parte de mi cuerpo, he tenido que sentarme en el sofá para digerir las circunstancias. Ahora todo cobraba otra dimensión, otro sentido. Estaba flotando. Ya no me importaba nada, ya no había vuelta atrás. Mi futuro ya no pertenecía a nadie más excepto a mí, de nuevo, como ha sido siempre.

Estaba deseosa de compartirlo con los demás, muy contenta. Habría salido a la calle a abrazarme con desconocidos para contagiarles mi felicidad. Pero cualquiera hubiera pensado que me faltaba un tornillo. O dos. O que se trataba de una cámara oculta; después de todo, tener un techo donde dormir tampoco es una gran hazaña. Hay personas que compran y venden casas constantemente, como si intercambiaran cromos, pero para mí es un hito en mi vida.

Puede que no tenga mucho sentido, pero la primera persona en la que he pensado al recibir esta noticia ha sido en E., imaginando lo orgulloso que estaría de mí con todo esto. Soy esclava de mis rutinas y emociones y, en estos últimos años, compartir triunfos y momentos importantes era lo habitual entre nosotros. Me encantaría haber podido compartir con él este logro y, de hecho, he estado a punto de coger el teléfono para contárselo. Pero no, E. ya no forma parte de mi vida, por mucho que me duela. Es triste. Ya no puedo recurrir a él; nuestro vínculo ha desaparecido. Me guste o no, él ya no está aquí. Nunca más.

Después de este pequeño lapsus mental, lo primero que he hecho ha sido llamar a mi padre, pero tras varios intentos sin recibir respuesta, he desistido. No he podido avisarle. También he pensado en contactar con mi madre, pero conociéndola, seguramente pensará que estoy cometiendo un error, y no me apetece que nadie explote mi burbuja. Mi madre tiene el don de reventar cualquier asunto que suceda en mi vida, y además, nunca le ha gustado mi antiguo apartamento. Conocer todo esto le va a suponer una sorpresa mayúscula que necesitará tiempo para asimilar, así que mejor dejarlo estar. Es mi vida. Creo que ha llegado el momento de hacer las cosas a mi manera, a mi medida. De ponérmelo fácil. Con mamá es imposible.

He decidido llamar a Olivia.

—¡Hola, Fabiola! ¿Qué tal van esas cajas? —me ha respondido tan entusiasta como siempre—. ¿Ya tienes todo preparado?

—Hola, querida. Aquí estoy. Esta mañana he empezado a empaquetar algunas cosas... De momento, sólo he terminado el vestidor...

—¡Estupendo! Bueno... ¡Algo es algo! ¿Necesitas que me acerque para ayudarte? Puedo hacerlo a la salida...

—No, no. Está todo controlado. No te preocupes —En realidad sí que me vendría bien algo de ayuda, pero no quiero abusar de su confianza—. Gracias por ofrecerte, lo valoro mucho.

—¡Sin problema! Para eso estoy y estamos aquí...

—Bueno, yo te llamaba para compartir una buena noticia... ¿Sabes? ¡Me han concedido la hipoteca y el apartamento de la calle Cedro va a ser mío! ¡Soy la nueva propietaria, Olivia!

—¡¿¿Quéeee??! ¿De verdad? —me ha respondido con una alegría contagiosa—. ¡Cómo me alegro! ¡Qué fantástica noticia! Te lo mereces, Fabiola... Después de todo lo que ha pasado, me alegra muchísimo... Aunque yo ya sabía que iba a ser tuyo. Lo intuía...

—¡Muchas gracias! Estoy muy nerviosa, Olivia.

—¡Normal! Es muy emocionante... ¡Es un proyecto nuevo!... ¿Y cuando te darán las llaves? ¿Cuándo empezarás la reforma? ¿Necesitas que busque contactos de albañilería? ¿Pintores? ¿Quieres que llame a una empresa de exterminio de plagas? ¿Fontaneros? ¿Un estudio de arquitectura, tal vez? —La cabeza organizada y eficiente de Olivia ha comenzado a funcionar de manera vertiginosa...—. Ese sitio necesita un buen meneo para que resulte habitable...

—Bueno... Sí, sí... Pero paso a paso. No me pongas más nerviosa, cielo. Yo me encargaré de la reforma, recuerda que estudié arquitectura aunque no tenga el título... Sobre las fechas y todo lo demás, todavía no lo sé, pero bueno... Calma —le he contestado a Olivia para no estresarme y poder digerir la situación. Todas sus preguntas son válidas, pero ya lo iremos viendo en su momento... Tengo mucho por hacer...

—¡Oh! ¡Fantástico! Bueno... Mantenme informada.

—Así lo haré, querida. Por cierto, ¿cómo van las cosas por el atelier? ¿Se han entregado los encargos? ¿Has llamado a los transportistas para reclamar el pedido de...?

—Fabiola —me ha interrumpido Olivia drásticamente—, estás de vacaciones. Todo está controlado. No te preocupes. ¿No quedamos en que ibas a tomarte un descanso? Mis labios están sellados con pegamento hasta dentro de diez días. Lo siento, son las normas... ¡Tienes que descansar y desconectar!

—Vale... —Le he respondido como una niña que acaba de recibir una reprimenda por hacer demasiadas preguntas—. Bueno, si pasa algo, me avisas.

—¡Claro! Pero no te preocupes, todo está bien. No hay cadáveres sobre la mesa, sólo novias nerviosas e indecisas, como siempre. Nada nuevo.

—¡Ja, ja, ja! Eres tremenda, Olivia.

Tras nuestra conversación, me he levantado y he vuelto a la cocina a por otra copa de vino para celebrar este momento y, de paso, he aprovechado el viaje para elegir otro disco con el que redondear mi estado de euforia. ¿Qué canción sería perfecta para un instante como este? Lo he tenido claro, The Supremes y su «You Keep Me Hangin' On». Creo que es otra banda sonora ideal para celebrar todo momento de catarsis y resurgimiento. Así que me he puesto a bailar como una loca por todo el salón y, con mi habitual despliegue y movimiento de brazos, he derramado un poco de vino sobre la alfombra. En otras circunstancias, habría entrado en pánico y me habría apresurado a limpiar la mancha cuanto antes para que no se estropeara el tejido, pero esta vez ni me he preocupado. De hecho, incluso me he reído.

Me he encontrado tan feliz que todo me ha dado igual... Aunque reconozco que, al cabo de cinco minutos, he tenido que ir corriendo al armario de la limpieza para buscar el producto limpiador de alfombras.

No tengo remedio.

—8—

El tiempo tiene un extraño discurrir. A veces da la sensación de que se condensa y se estanca, parece no avanzar nada, y otras, se desliza a la velocidad de un rayo, y todo lo que parecía no llegar nunca sucede en cuestión de horas.

Dentro de tan sólo tres días, todo este decorado, todas las vivencias albergadas en estas cuatro paredes se difuminarán entre las sombras y los rayos de sol, para dar paso y espacio a las historias de los próximos inquilinos. Y yo, con ellas.

En un abrir y cerrar de ojos, todo este barullo de objetos y recuerdos se convertirán en el punto final de una historia; en el tiempo justo y necesario para que la empresa de transporte llegue y se encargue de trasladar todas las cosas, desmontar esta casa, estos sueños y esta etapa.

Todavía me queda mucho que recoger y guardar. Mucho. No he sido consciente de ello hasta ahora que he terminado con el vestidor, una de las partes más sencillas. Todavía me quedan otras tantas más: el salón, la habitación, la cocina, el baño...

¿Cómo es posible acumular tanto en poco más de tres años? ¿Terminaré a tiempo?

Ahora mismo vivo dentro de un espacio que parece haber sido asolado por un pequeño huracán, con un montón de cosas desperdigadas por doquier y en el que constantemente me encuentro a E. En cada esquina. Si no es por una fotografía, es por un calcetín desparejado, un vaso o una simple maceta. Todo se presta a ser un recuerdo cuando las emociones habitan a flor de piel.

Mañana tengo que ir al banco y no tengo claro cuánto tiempo llevarán todas las gestiones. Por lo tanto, debo adelantar todo lo posible con este desorden, si es que es posible. Más allá de esto, no tengo certeza alguna, todo son interrogantes. Todavía no sé dónde me instalaré en las próximas semanas, ni qué haré después de entregar las llaves, despedirme de esta casa y salir por esta puerta... Pero hay tantos pensamientos y decisiones que debo tomar que prefiero concentrar mi energía y esfuerzo en lo inmediato, en lo urgente: montar cajas.

El espacio que más objetos acumula en todo este embrollo de embalajes y cinta adhesiva es el salón, el epicentro del hogar. En él descansa amontonada una considerable cantidad de libros, cuadros, muebles y objetos. Muchos más de los que pensaba en un principio. De hecho, me parecen tantos y tan numerosos, que dudo de que puedan caber todos en un pequeño trastero...

He decidido abordar el asunto sin miramientos.

Me enfrentaré a ello con el mejor talante posible después de comer, siempre y cuando mi estómago esté en condiciones para ingerir algo. Una incógnita. Los nervios me han quitado por completo el apetito... Siempre me sucede. Me voy a quedar en el chasis, a este paso. Es normal. Además, el asfixiante calor en la atmósfera me hace sentir más débil de lo habitual, y cualquier movimiento resulta tedioso, incluso alimentarme me resulta complicado. No sé de dónde sacaré fuerzas para el resto, pero encontraré la manera.

«Mmm... ¿Por dónde empezar?, ¿los libros, tal vez?», he pensado.

En uno de los laterales del salón de esta preciosa casa de techos altos en color marfil, el que separa visualmente la cocina del comedor y queda frente a los ventanales que dan acceso al jardín, se encuentra una estantería enorme de madera de roble, realizada a medida —debe de tener unos cuatro metros y medio de largo por unos tres de alto—, y objeto de deseo y elogios de todas las miradas invitadas. Es realmente preciosa.

Esta pequeña y elegante biblioteca está repleta de recuerdos y objetos curiosos. Alberga fotografías, cuadros, pequeñas esculturas, mi colección de cámaras antiguas, jarrones, un par de lámparas y libros, muchos libros, de todo tipo.

Muchísimos libros.

La mayor parte de estos ejemplares me acompañan desde hace casi dos décadas, algunos de ellos eran de mis padres —me he ido adueñando de ellos poco a poco, trayéndomelos de sus respectivas casas cada vez que les he visitado—, muchos otros son nuevos o de segunda mano. Hay libros de viaje, de poesía, de filosofía, novelas, ilustrados... Tengo una colección muy especial de catálogos de exposiciones de museos, de libros de arquitectura, de fotografía, de moda y de astrología. Si esta estantería pudiese definirme a través de sus obras, no sé muy bien cuál sería el resultado, es bastante ecléctica en concepto y forma. Mi curiosidad es insaciable y algunos de estos libros contienen información muy interesante y otros son, simplemente, maravillosos a la vista. Belleza pura.

Creo que soy capaz de recordar muy bien el momento y el lugar en el que me hice con este o aquel o de las personas que me los regalaron o entregaron en el pasado. Algunos no los he abierto ni tengo intención de hacerlo jamás, así que es probable que me deshaga de ellos, no quiero lastres ni cosas innecesarias.

El primer libro que me regaló E. fue uno de terror que a él le encantaba, creo que de Stephen King.

—Toma, Fabiola. He elegido este libro para ti. Espero que te guste. Siempre ha sido uno de mis favoritos —me dijo mientras me ofrecía el libro desde su estantería con una sonrisa enorme.

—Ah,... Gracias... —contesté con cara de circunstancia.

—Es fantástico. Es una novela de terror psicológico que te absorbe completamente. Trata sobre los miedos y los traumas de la infancia, de cómo nos enfrentamos a ellos... —me contaba E. muy emocionado—. Transcurre en...

—Ehmm. Gracias, mi amor... Pero es que yo... Ehmm. —No sabía cómo decirle que no iba a ser capaz de leer ni una línea de nada que tuviera que ver con algo terrorífico, pues suelo leer por las noches y mi cabeza es demasiado fantasiosa, además de asustadiza—. Bueno... Es que últimamente no tengo mucho tiempo...

—Vale, no te preocupes ¡cuando puedas! ¡Estoy seguro de que te va a encantar!...

—¡Je, je, je! Seguro...

Estaba tan emocionado y feliz con su libro que no me atreví a decirle la verdad: que aquella historia no llamaba mi atención ni tenía nada que ver conmigo, que no era de mi agrado... Pero le mentí. A veces las personas mentimos, por no herir.

Aunque a veces herimos el doble justamente por eso.

Generalmente, un libro suele ser algo bastante socorrido cuando no se sabe muy bien qué regalar. Entiendo que una novela o un poemario son algo pequeño y manejable que siempre queda bien, que siempre soluciona un compromiso. Sin embargo, considero que es un tanto arriesgado. Es complicado. Más incluso que elegir un perfume o un objeto... Regalarle un libro a alguien conlleva dos momentos importantes: uno es la entrega y el otro su lectura, y es justo en esa segunda parte, cuando el otro debe invertir tiempo en su lectura, donde nos la jugamos.

De alguna forma, con este pequeño pero gran gesto, le estamos pidiendo a alguien que piense en nosotros a través de sus páginas, que se impregne de su historia, que nos dedique tiempo... Pero si el tiempo es lo más valioso que tenemos, ¿no es esta pretensión un poco temeraria? ¿Y si no le gusta? Por eso, creo que regalar un libro es algo muy íntimo a lo que hay que prestar mucha atención. No puede hacerse a la ligera, es importante... Siempre y cuando se pretenda que esas páginas sumen, aporten, y no que queden rezagadas en una esquina acumulando polvo. Si es para disponer de un ladrillo a mano para sujetar una puerta, sirve cualquiera.

Mientras amontonaba ejemplares por distintas categorías, con el suelo del salón inundado de papel y color, se ha deslizado una fotografía del interior de uno de ellos y ha ido a parar a mis pies.

Al observarla, me ha dado un vuelco el corazón.

Era una imagen de los primeros días de Fablier, mi atelier, que por entonces se concentraba en una habitación del apartamento de la calle Cedro, poco después de que Steffi volviera a Alemania y yo me quedase sola en aquella casa y decidiera convertirla en mi estudio.

En ella aparecía yo junto a Bárbara, mi antigua asistente, muy sonrientes las dos, asomando la cabeza desde la espalda de un par de maniquíes, con sendas cintas métricas de modista colgando del cuello, mientras que en la pared de detrás se divisaba el logotipo de mi firma estampado en verde sobre una cartulina blanca.

Me he preguntado que habrá sido de ella y por qué decidiría alejarse de mí como lo hizo, después de tantos años...

Algunas amistades también nos rompen el corazón y, aunque a veces sea algo inevitable, perder amigos o alejarse de personas de total confianza resulta desgarrador... Y conforme vamos creciendo, cada vez se hace más difícil lidiar con las pérdidas.

Esta desconexión en vida me ha resultado realmente compleja, no sólo en la parte emocional y personal, también en la laboral, ya que ella era un soporte y una fuente de fortaleza, una cómplice en mi trayectoria, y su marcha me rompió en mil pedazos.

Fue muy decepcionante.

Durante las últimas semanas también he llegado a pensar que todo lo sucedido con Bárbara pudo ser el detonante del declive final mi relación con E., si es que no existe otro motivo que yo desconozca todavía, aunque poco a poco voy intuyendo y atando algunos cabos sueltos. Quizá, sin aquella despedida, y lo que aconteció después, todo seguiría igual...

Bárbara dejó el taller hace un año, más o menos, con la voluntad de empezar a trabajar en una multinacional del mundo de la moda.

Era una gran oportunidad para su futuro laboral y profesional y me alegré muchísimo por ella. Era su sueño. ¿Cómo iba yo a obstaculizar su marcha? Ella anhelaba convertirse en un referente, en una gran profesional.

—Fabiola, ¿crees que algún día nos convertiremos en una gran marca? —me comentó Bárbara alguna vez.

—Bueno, estamos trabajando muy duro para ello, ¿por qué no? Vamos muy bien, ya aparecemos en algunas revistas de moda y nuestra cartera de clientes sigue creciendo... Conlleva mucho tiempo y esfuerzo crear una carrera sólida y reconocible, pero... ¿quién sabe? Todas las grandes firmas han comenzado su andadura desde lugares tan pequeños como este...

—Ojalá algún día formar parte de esos selectos equipos de sastres y modistas de los talleres de alta costura. ¿Te imaginas?

—Debe de ser una experiencia única en la vida, Bárbara. Creo que todos soñamos con eso ... A mí también me encantaría empaparme del ambiente de un taller en una casa de lujo, rodeada de talento, con esos tejidos tan increíbles y esas confecciones tan meticulosas...

—Totalmente, Fabiola... Y ver tu trabajo desfilando en las mejores pasarelas internacionales, rodeado de glamour y de perfeccionismo extremo... Formar parte de eso, vivirlo, tiene que ser muy emocionante...

El puesto que le habían ofrecido a ella no era de tal magnitud, no era para formar parte de un taller famoso y exclusivo, pero estaba enfocado a ello desde un escalón inferior: querían convertirla en jefa de diseño de vestidos de fiesta para una marca dirigida al gran público.

No era exactamente lo mismo, pero sí algo muy importante.

Con aquel salto, en la siguiente temporada iba a poder ver sus creaciones en cientos de tiendas, con todo el orgullo y la satisfacción que eso implica. Atrás dejaría el trabajo artesanal y personalizado, el del mimo, las noches en vela y la dedicación absoluta —además del estrés y la paciencia que conlleva realizar verdaderas obras de ingeniería con tejidos, en ocasiones, casi imposibles de tratar...—. También dejaría de estar bajo mis órdenes.

Iba a echarla mucho de menos, esa es la verdad.

Bárbara había estado a mi lado desde el punto de inicio, desde las antípodas de mi trayectoria profesional. Antes incluso de utilizar todos mis ahorros y lanzarme a la creación del atelier, cuando toda mi empresa se resumía y gestionaba desde la habitación de mi apartamento, abarrotada de telas e hilos, ella estuvo allí conmigo.

Nos habíamos conocido en la escuela de diseño de moda y nuestras biografías contenían diversas similitudes. Además de compartir año de nacimiento y multitud de fracasos amorosos, ambas habíamos decidido cambiar el rumbo de nuestra trayectoria profesional en medio de la famosa crisis de los veintisiete años: ella dejó su trabajo de administrativa y yo abandoné los estudios de arquitectura para apostar por nuestra verdadera pasión, la moda.

—Menos mal que decidí cambiar el rumbo de mi vida en aquel momento de inflexión. Sólo de pensar en que, de no haberme animado a dar el salto, ahora mismo continuaría guardando albaranes y llevando cuentas, me pongo triste.

—Te entiendo perfectamente, Bárbara. Yo también pienso que dejarlo todo para venir a la ciudad y estudiar diseño fue una de las mejores decisiones que he podido tomar nunca... Por muy difícil que me resultase entonces...

—La vida siempre te regala una oportunidad para intentarlo, ¿verdad, Fabiola?

—Sí, aunque el esfuerzo para perseguirla es cosa nuestra.

Bárbara era casi una socia, una compañera especial, una amiga... Después de tantas horas compartidas lo sabíamos todo —o casi todo— la una de la otra.

Formaba parte de mi banda, de mi atelier, y, a pesar de que era un pilar muy importante dentro de mi equipo, quería lo mejor para ella... Incluso la intenté convencer cuando le surgieron dudas el día antes de dar una respuesta a aquella otra empresa.

Le daba vértigo, es normal.

—Vamos a ver, Bárbara. No te lo pienses dos veces. La respuesta es sí. ¡Es una gran oportunidad!

—Ya, Fabiola, pero es que nunca he tenido a tantas personas a mi cargo...

—Bah, puedes con ello, va a ir genial, créeme. Eres totalmente capaz de eso y más. ¿Acaso crees que no vas a deslumbrarles después de haberme ayudado a crear cientos de diseños maravillosos?... ¿Acaso crees que no vas a estar a la altura? —Yo tenía claro que era algo importante—. ¿Eres consciente de la cantidad de puertas que pueden abrirse después?... ¿No te das cuenta de que puede ser la llave para saltar al mundo de la alta costura de las firmas de lujo en París?

—Pero ¿estás pensando en París?

—Por supuesto, yo te visualizo más allá de todo esto. Te veo trabajando para las mejores casas de costura y para llegar a ello debes subir este escalón... —Yo estaba más emocionada que ella—. Es tu oportunidad para aspirar a lo más alto. ¿O es que te ves aquí conmigo para siempre?

—No, no... Está claro que no voy a quedarme en Fablier para siempre... —me respondió Bárbara con un tono un poco cortante—. Pero creo que te anticipas demasiado, parece que quieras perderme de vista...

—¿Qué? —le respondí extrañada. El optimismo nunca fue su fuerte. La amabilidad, tampoco, aunque yo ya estaba acostumbrada a su árida sensibilidad.

Supuse que aquella respuesta era fruto del nerviosismo, así que no le di la menor importancia y seguí con lo mío.

¿De dónde surgían tantas dudas? Hay veces en la vida en las que hay que atreverse a dar el salto sin mirar atrás. Eso de los trenes que sólo pasan una vez es totalmente cierto... Por eso, cuando toda esa maquinaria y engranajes parecen dirigirse en línea recta hacia tu destino soñado hay que montarse de un salto. ¡Zap! Si no, llegará otra persona, una que no tendrá problema en robarte la oportunidad, y te estampará su maleta en la cara para hacerse con tu asiento.

Mi intensa, breve y multifacética biografía me ha enseñado que las oportunidades son efímeras, como las puestas de sol, o las aprovechas o se esfuman Y las segundas oportunidades son, directamente, milagros. Existen, claro que existen, pero mejor aprovechar las primeras y dejarse sorprender... Si el periplo no resulta tan satisfactorio como lo planeado, se cambia de trayecto.

No hay que tener miedo, podemos vivir tantas vidas como los árboles... ¿Un invierno duro?, hojas nuevas.

A la mañana siguiente Bárbara me comunicó que había aceptado el puesto y no pude evitar abalanzarme sobre ella y darle un abrazo inmenso.

—¡Qué bien, cielo! ¡Me alegro tanto, por ti! —Yo estaba tan contenta...

Poco después, una sensación de abismo y vértigo se entremezcló con mi euforia... ¿Y qué iba a hacer yo a partir de entonces sin ella? ¿Encontraría a alguien igual de válido? ¿Podría ingeniármelas para sacar adelante el trabajo pendiente? Estábamos en el momento álgido de la producción de vestidos de la temporada, con numerosos encargos por entregar, y yo sola iba a ser incapaz de sacar adelante todo aquel volumen... Ni dejando de dormir. Aunque contratase a alguien nuevo, me llevaría unas cuantas semanas formarle...

A veces el entusiasmo me impide ser objetiva y pensar en mis propias necesidades. Cuando me enamoro me sucede algo parecido. No soy capaz de ver más allá. Padezco miopía entusiasta.

Me sentí inquieta y el gesto de mi cara me delató, algo que ella interceptó de inmediato y me respondió, muy amablemente:

—No te preocupes por los encargos, Fabiola. Sé que ahora mismo no es el mejor momento para abandonar el taller, hay mucho por hacer y me gustaría poder formar a un ayudante nuevo y traspasar mi legado...

—¡Oh! Gracias, Bárbara... Pero, entonces, ¿cuándo empezarás en tu nuevo puesto? —respiré aliviada.

—Dentro de dos meses, estimo. Todavía están puliendo calendarios y organizando el equipo que trabajará conmigo...

—¡Ah! Eso es perfecto... Nunca encontraré a nadie como tú, voy a extrañarte mucho, querida... Pero lo vas a hacer tan bien... Estoy orgullosa y feliz por ti.

Conservándola a mi lado durante varias semanas, iba a disponer del tiempo suficiente para realizar los cambios, buscar a alguien nuevo y finalizar correctamente todo lo que teníamos entre manos. Un mal menos.

Lamentablemente, no todo sucede siempre de la forma en la que nos gustaría, y las palabras, sin hechos que las sustenten, no valen absolutamente nada.

A las escasas dos semanas de haberme comunicado su marcha, Bárbara se presentó un día bastante más tarde de su horario habitual envuelta en misterio y con un gesto extraño, frío e indiferente.

Sin saludo o intermediación afectuosa de por medio, se acercó hasta mi escritorio y me entregó su carta de despido.

—Fabiola, con esta carta te informo de que dejo el trabajo. Debo incorporarme mañana mismo a mi nuevo puesto. Lo siento.

—Ehmm. ¿Cómo? ¿Ya? —Me dejó estupefacta.

—Gracias por todo, Fabiola. —Me contestó tajante, sin atreverse a mirarme a los ojos—. Si no te importa, voy a recoger mis cosas.

—Así, ¿sin más? —No acerté a decir gran cosa. Mi cerebro es muy lento a la hora de digerir los acontecimientos fortuitos que me afectan. Me quedo petrificada.

—¿Qué más quieres que te diga? —continuó con total altivez mientras iba recogiendo las cosas de su mesa—. ¡Ah! Sí, dile a la gestora que me gustaría que me entregue los papeles del finiquito lo antes posible. Si puede ser a lo largo del día de hoy, mejor.

El resto del equipo, al darse cuenta de que estaba sucediendo algo extraño, paró las máquinas y un silencio sepulcral inundó el taller.

Bárbara, les hizo un gesto con la mano indicándoles que continuaran con su tarea mientras mi mirada seguía con detenimiento todos sus movimientos. Estaba pasmada. No sabía qué hacer.

Me quedé sin sangre por dentro. Me convertí en un molusco.

Aunque yo era capaz de comprender y empatizar con su situación y el nuevo compromiso que había adquirido con su nueva empresa, sus formas urgentes, distantes y asépticas me resultaron violentas. Muy raras. No entendía nada.

Se despidió de lejos, desde la puerta de entrada, mirando al suelo. Sin un abrazo, sin nada más.

—Hablamos, Fabiola. Que vaya bien.

Justo después de toda aquella performance, me eché a llorar.

Ahora, visto en retrospectiva, me doy cuenta de que lo sucedido con E. tiempo después no fue tan ajeno ni diferente de este episodio...

Aquella noche, tras la abrupta despedida de Bárbara, me quedé trabajando en el taller hasta altas horas de la madrugada. Quería sacar adelante el trabajo pendiente y, a la vez, tratar de aplacar la angustia y la desazón que aquella situación me acababan de provocar.

Al llegar a casa, me encontré a E. esperándome medio adormecido en el sofá con un libro en el regazo. Era muy tarde. Cuando me vio aparecer por la puerta con la cara desencajada y triste, se levantó y cruzó el salón a trompicones hasta mí, con los brazos extendidos para darme un gran abrazo.

Creo que ese fue uno de los abrazos más bonitos y sinceros que he recibido en mi vida por parte de nadie. Uno de los más importantes, me atrevo incluso a pensar. Lo tengo grabado a fuego en mi mente y en mi corazón y he vuelto a él en muchos momentos en los que he podido dudar de mi amor hacia E. o en los que me he sentido mal. Lo he utilizado de excusa muchas veces, sí. Ese instante ha sido mi refugio en multitud de ocasiones, quizá demasiadas, pero lo sentí como la mayor muestra de afecto y cariño que nunca nadie me había entregado. No en aquella magnitud. No de forma tan intensa.

Me sentí querida y arropada, me sentí segura. ¿Acaso no es ese el verdadero significado del amor? ¿De compartir la vida con alguien? Yo muero por los abrazos. Viviría en uno eterno.

—No te preocupes, mi fabulosa Fab. Todo va a salir bien —me susurró E. al oído mientras me rodeaba con sus brazos y yo sentía todo mi rostro y mi pelo envueltos en lágrimas.

—Tengo mucho miedo, E. No sé qué voy a hacer ahora con todo lo que tengo encima... No sé por qué Bárbara ha sido así de fría conmigo... Después de tanto tiempo...

—Tendrá sus motivos... Supongo. No pienses en ello. Encontrarás a alguien mucho mejor que ella, estoy seguro.

Ahora debes intentar descansar. Ya encontrarás una solución mañana...

—Es que no entiendo nada, E.

—Mi amor, es una compañera de trabajo más. No le des más importancia. Nadie es indispensable. —Siempre he odiado esta frase—. Estas cosas pasan... Cada cual tiene sus objetivos y sus historias en la cabeza y... Bueno, ya sabías que ella se iba a marchar...

—Claro, E. Pero... No así. No se ha despedido de mí... ¡Me ha dicho adiós con la mano! ¡Desde la puerta! Ha llegado, me ha dado la carta de despido y se ha largado... Ese no era el plan... Yo contaba con ella y con su palabra...

—... Ya, Fabiola, pero no puedes hacer mucho más que aceptar las circunstancias y seguir adelante... Las palabras, como bien puedes observar, se esfuman.

—Sí... Pero me siento como si me hubiera abandonado, como si yo hubiera hecho algo malo y me estuviera castigando por ello... Me duele, E...

—Pues no debería de dolerte tanto, es trabajo. ¿No? Nada más.

—No lo entiendes... No es sólo eso. Ella para mí es y ha sido mucho más...

E., siempre con su aparente amabilidad, tenía la maldita costumbre de invalidar lo que siento, eso es lo que me ha repetido mi terapeuta hasta la saciedad. Por eso ahora me permito estar triste y no reprimirme en absoluto. Si algo me duele, me duele. Y ya está. Es válido. Fin.

Aquella noche no pude dormir a pesar de sentir el calor y el cariño de E. al otro lado de la cama. Sentí que debía aceptar las circunstancias, tal y como él me proponía, y mirar hacia el futuro, pero aquella ausencia repentina iba a trastocar más escalones que el emocional: también iba a influir en mi profesión y en el desarrollo de mis tareas. Me iba a suponer un gran bache bastante complicado de gestionar.

Era demasiado.

A la mañana siguiente, después de cientos de llamadas a todos mis colegas del gremio, conseguí que dos de sus trabajadoras me echaran una mano con lo pendiente. Era principio de verano —¿por qué todo el mundo se despide de mí en verano? ¿Qué sucede en verano conmigo? Voy a empezar a temerlos, como los domingos...—, de modo que no resultó complicado parchear la situación durante unos días...

Después no tuve tanta suerte.

En los meses posteriores, el atelier se convirtió en una estresante espiral. Todo fue un ir y venir de aspirantes al puesto de Bárbara sin motivación alguna y mucho ego, añadidos a un sinfín de errores administrativos, de entregas a destiempo, impagos, ansiedad y noches sin dormir. Visité el almacén en numerosas ocasiones, se convirtió en mi muro de las lamentaciones particular, creo que no había día en que no me refugiase allí en algún momento para desprenderme de algunas lágrimas de impotencia.

Tras la marcha de mi asistente, poco más podía hacer que entregarme en cuerpo y alma a mi negocio si quería mantenerlo a flote, pero E. no lo comprendía, o al menos, no acababa de entender lo mucho que mi trabajo significaba para mí. En lugar de ofrecerme su ayuda y su apoyo, sus consejos se convirtieron en una presión añadida.

—Fabiola, tienes que descansar. Tienes que hacer algo de deporte... Va a venirte muy bien. Tienes que desconectar. Tienes que enfocarlo de otra manera. Tienes que encontrar momentos para nosotros...

—Lo sé. Lo intento, mi amor... Pero es que no puedo; si no me preocupo yo de todo esto, ¿quién lo va a hacer? Tengo que trabajar. He luchado muchísimo durante todos estos años para hacerme un hueco, para evolucionar y continuar... Mira lo lejos que estoy llegando. ¿Crees que debo rendirme? Me niego. Me toca apretar un poco, no puedo dejarlo pasar... Esto es cuestión de meses... Confía en mí.

A punto estuve de tirar la toalla.

Además, para hacer frente a los gastos, empecé a tirar de mis ahorros, o de lo poco que me quedaba después de haberlo invertido casi todo en el crecimiento de Fablier. Agoté las reservas que había apartado para casos de urgencia extrema y algo más. Tenía un pequeño colchón —una almohada, en realidad—, para romper en caso de alarma... Y ese era un gran incendio. Un volcán. Lo entregué todo, hasta quedarme con el saldo en negativo.

¿Qué otra opción tenía? ¿Pedirle dinero prestado a alguien? Jamás. Tampoco E. se ofreció a ayudarme en ningún momento. Esa es la verdad.

La falta de nuevos encargos no podía interrumpir la producción, no podía pararla, porque de hacerlo, ¿de dónde iba a conseguir nuevos ingresos? Invertí todo lo que tuve a mi alcance en sacar adelante nuevas ideas, nuevos diseños, nuevas esperanzas... Y crucé los dedos de las manos y de los pies.

Por suerte, después de miles de plegarias, parece que la vida me ofreció una nueva oportunidad gracias a la llegada de Olivia a Fablier.

A partir de entonces, todo comenzó a tener un ritmo y un color diferentes, aunque continuaba teniendo muchísimo vértigo y miedo por el futuro incierto que se asomaba en el calendario.

Mi cuerpo, con tanta tensión y angustia acumuladas, comenzó a hablar con una presión aguda en el pecho. Con ese dolor que tan bien reconozco y que aparece en el momento menos pensado, impidiéndome respirar. Ahí estaba la ansiedad, una vez más, haciendo de las suyas...

Además, E. tampoco me lo puso fácil. Nuestras discusiones eran habituales.

—Fabiola, trabajas demasiado. No tienes tiempo para nosotros. No hacemos nada especial. ¿Por qué no nos vamos de vacaciones? ¿Por qué no salimos a cenar? Ya no eres la misma...

—Lo siento, E. Siento estar ausente... Es que no sé cómo hacerlo. Estoy abatida. ¿No ves lo mal que me encuentro? Dame un poco de tiempo, por favor... Vuelvo a tener ansiedad, me temo... Pero todo parece que empieza a ir mejor... Olivia tiene mucho potencial y estoy segura de que ha sido un gran acierto contratarla...

—Desde hace unas semanas no nos acostamos y eso significa que...

—... ¡¿Qué?! ¿¡Qué significa!? —le respondí rota por dentro. ¿De dónde salía ahora aquella afirmación? O mejor dicho, ¿para qué?

—Pues que algo anda mal entre nosotros... Eso es lo que dice todo el mundo... Lo he hablado con mis amigos y también opinan que no es normal... Entiende que, para mí, es algo importante en la relación y estoy asustado por este desinterés tuyo...

Empecé a llorar a mares.

—¿Me lo dices en serio?... —No daba crédito a aquello que acababa de soltar por la boca; aunque fuese cierto, me pareció fuera de lugar y momento—. Pero..., mi amor, ¿no ves que no puedo? ¿No te das cuenta del momento tan complicado que estoy viviendo? ¿No ves que llego a casa como un zombi y lo único que necesito es sentirte cerca y descansar? Mi cuerpo está en un estado de alerta constante y... Y no...

Y no tengo fuerzas para nada más... Pero eso no significa que esté mal contigo...

—Ya, Fabiola... Llevo muchos meses escuchando tus lamentos y aclimatándome a tus necesidades. Yo también tengo las mías, ¿sabes? Estoy cansado de encontrarte siempre así, sin ganas...

—¿Y qué quieres que haga?

—No sé, pero necesito que me prestes más atención...

—Ah, ¿a eso reduces tú la atención? ¿Y qué pasa con todo lo demás? ¿Acaso no te la he prestado durante todos estos años? Siempre has sido mi prioridad, E. Siempre he estado ahí para ti y he sido tu apoyo incondicional en cualquier momento... Te lo he demostrado en multitud de ocasiones. Eres lo más importante en mi vida... Lo sabes... No me parece justo que dudes de mí y de mi amor por no poder acostarme contigo... Porque no puedo.

—No soy lo más importante. Lo más importante es tu trabajo —sentenció E.

—No es cierto... No es lo más importante... Mi trabajo forma parte de mí, soy yo. ¿No lo entiendes? Mi creatividad y mi manera de estar en el mundo es todo esto... Va dentro del «pack Fabiola»...

—Pues tendrás que pensarlo bien si quieres que continuemos... Yo me siento abandonado. Tendrás que elegir...

—¿Elegir el qué?

¿Cómo se puede elegir entre el amor hacia uno mismo y el amor hacia los demás? ¿Por qué no era E. capaz de entender que se trataba de una situación pasajera y de unas circunstancias que simplemente necesitaban de un poco de tiempo y de ternura para solucionarlas? ¿Por qué se sentía así? ¿Por qué me estaba dando a elegir?

Me pareció injusto y doloroso. Tenía un agobio terrible y aquello no hacía sino crearme una preocupación añadida que me veía incapaz de solucionar...

Pero lo que en verdad me estaba revelando todo esto era una nueva identidad de E. que no había descubierto hasta entonces. Me enfrenté a alguien que poco o nada tenía que ver con la persona compasiva, empática, alegre y optimista a la que estaba acostumbrada... y de la que me había enamorado.

Duele mucho recordar todo esto, quizá aquí se reúnan algunas de las claves de nuestra ruptura. No lo sé. Quizá nunca llegue a saberlo en realidad.

Recuerdo que intenté cambiar. Me las ideé para permitirnos tener más tiempo juntos, delegando algunos asuntos en manos de Olivia. Con ella y su buen talante, comencé a respirar un poco y con aquella pausa mental, E. y yo retomamos nuestros encuentros, nuestras pequeñas escapadas... Aunque sentía que algo en mí se había roto, de alguna forma. Ya no era igual. Estaba desconectada. Mi amor ya no se mostraba de manera espontánea, sino más bien como una obligación. Como una marca en la casilla de los objetivos cumplidos... A eso había quedado relegado mi afecto, a una actividad más, como hacer la cena o regar el césped del jardín.

Lo peor de todo es que me temo que esto es algo habitual en muchas relaciones, pero nadie se atreve a reconocerlo.

Por entonces, hace unos pocos meses, cada día de mi vida discurría repleto de nervios e insomnio, ejecutando tareas y dirigiendo el equipo como un robot autómata. No sabía muy bien dónde me encontraba. Mi cuerpo acumulaba tal angustia que enterarme de que Bárbara me había mentido con su marcha no supuso una decepción mayor, sólo un enfado mayúsculo.

Sucedió de manera fortuita, aunque Olivia fue la que descubrió el pastel por completo.

—Fabiola, debo contarte algo... —me dijo con cara de preocupación, algo muy poco habitual en ella.

—Claro, dime, Olivia. ¿Qué sucede? —respondí intrigada.

—Bueno... Hace un rato ha llamado por teléfono una antigua clienta preguntando por Bárbara y un encargo...

—Ah, vaya... ¿Quién era? ¿Tenemos nosotras ese vestido? ¿Ha habido algún problema?... Como se fue de un día para otro, quizá se haya traspapelado algo... —contesté ignorante.

—Ehmm... No, no. Me temo que no, creo que se ha confundido de teléfono en realidad...

—Ah, bueno. Qué raro... ¿Quién era?

—Da igual... Lo que quiero decirte es que ella pensaba que estaba llamando al taller de Bárbara... —me respondió Olivia en un tono que no auguraba nada bueno.

—Pero Bárbara ya no trabaja aquí...

—A eso voy, Fabiola... Le he preguntado y he descubierto que Bárbara tiene ahora su propio atelier...

—¿Qué? No creo, Bárbara está trabajando para una multinacional —respondí convencida, sin darle la menor importancia—. ¿No será que fue ella quien la atendió en el taller y por eso preguntaba...? Devuélvele la llamada...

—Ehmm... No... —Olivia no encontraba la manera más amable de decirme lo que acababa de averiguar, así que fue al grano—. No, Fabiola. Después de hablar con esta señora un rato y de hacerle algunas preguntas he comprobado y descubierto que Bárbara acaba de inaugurar su propia marca de moda nupcial...

—¡¡¿¿¿Qué???!! —grité.

—Tal y como te lo digo... Además, su tienda no está muy lejos de aquí... ¿No sabías nada de esto?

—Espera... ¿¿qué?? ¿Que Bárbara ha abierto un atelier? Debes de estar bromeando... ¿Es una broma de las tuyas, Olivia? Dime que sí... No me hace gracia... No es posible...

—Me temo que no es broma, Fabiola...

Aquella información era lo último que yo podía llegar a pensar. No me lo esperaba, en absoluto. Podía haber sido cualquier cosa antes que aquello. ¿Bárbara había montado un negocio?... Pero ¿no se había ido trabajar a una gran empresa? ¿Cuándo había sucedido todo aquello? ¿Por qué no me lo había dicho antes? Pero ¿cómo? ¿Cuándo? ¿Por qué?

Mi corazón comenzó a palpitar muy fuerte, estaba sintiendo una decepción enorme que poco a poco se iba transformando en furia.

Me enfadé muchísimo. Me sentó como una bofetada en la cara con la mano abierta... Lo asumí como una deslealtad enorme hacia mí, en todos los aspectos. Como una traición digna de cualquier historia de la cultura clásica. Fatal.

Pero la deshonestidad no terminó ahí. Poco después supe que Bárbara, además de no haber sido sincera sobre los motivos de su marcha y de haber montado su propio taller sin tener la decencia de contármelo, me había robado. Al irse, no se contentó con hacerlo de la manera más gélida posible, sino que se apropió de los listados de clientes, de proveedores y de todo lo que con tanto cuidado y años de trabajo habíamos recopilado. Algo que me pertenecía a mí y que no dudó en utilizar.

Con razón no me contestó jamás a ninguna de mis llamadas para preguntarle qué tal le iba...

Nunca nadie tan cercano se había comportado así conmigo. Jamás... Por eso ahora desconfío a veces de quienes trabajan conmigo. Es natural, pero estoy trabajando en ello porque no es justo que descargue mi malestar y mi decepción en personas que no tienen ninguna culpa, como es el caso de Olivia. Es algo que debo aprender a gestionar. Estoy en ello. Me niego a convertirme en un trauma viviente.

Me ha llevado toda la tarde clasificar y empaquetar la estantería. He estado tan ensimismada entre recuerdos y vivencias que he olvidado el reloj por completo. He terminado agotada. Pensar tanto te deja totalmente abatido, mucho más si le sumas estar en movimiento constante, de un lado para otro de la casa.

Todavía me quedan muchas cosas que envolver y analizar. Me va a resultar imposible hacerlo yo sola... Así que después de asumir la inviabilidad del asunto en soledad, he llamado a Claudia en búsqueda de ayuda.

—Hola, querida.

—Cielooooo... ¿Cómo lo llevas? —Ella siempre tan cariñosa y efusiva conmigo—. ¿Cómo te encuentras?

—Bueno... Bien y mal... Bien porque he avanzado mucho y mal porque no voy a llegar a tiempo a todo y necesito tu ayuda...

—¡Oh! ¡Pues claro! ¡Yo te echo una mano encantada! No tengo a los niños esta semana, están con su padre... Se han ido a la playa... ¡Así que estoy a tu entera disposición!... ¿Quieres que me acerque ahora?

—Ay, Claudia... Cuánto te quiero... Me salvas la vida. —Es cierto que la quiero muchísimo, aunque no se lo digo demasiado para que no se acostumbre—. No... Ahora no, ya no... Es muy tarde... Pero mañana, sí. ¿Podrías acercarte mañana?

—¡Por supuesto! ¡Qué apetecible!...

—¡Ja, ja, ja! ¿De verdad te resulta apetecible hacer cajas y limpiar?... ¿Has estado fumando algo ilegal últimamente?

—Je, je, je... No, Fabiola... Pero es que estoy tan aburrida con este calor y sin niños, que acercarme hasta tu casa para verte y destripar a E. y a mi exmarido mientras desmontamos tu preciosa casa me parece el plan del siglo...

—¡Ahhh! ¡Ja, ja, ja! ¡Pues entonces vas a disfrutar muchísimo! —Siempre me ha encantado su sentido del humor.

—¡Eso espero! ¿Necesitas que te lleve algo, cariño? ¿Me acerco mañana, entonces? ¿A qué hora?...

—Cuando quieras... ¡Ah!... Ehmm... ¿Has tenido noticias de E.? ¿Sabes algo? —le pregunté con curiosidad.

—Cielo, no... Y aunque las tuviese tampoco te las iba a contar... Olvídate.

—Vale... Bueno... Yo sí debo contarte algo muy importante y especial...

—¡Ajá! ¿No me digas? ¿Has conocido a alguien? ¿Es guapo? Ese cuerpo necesita una buena fiesta que le anime un poco...

—No, Claudia... Pero ¿cómo piensas en eso? ¿No ves que no salgo de mi casa? ¿No ves que estoy medio deprimida? —respondí entre risas.

—Bueno, mi cielo... ¿Qué quieres que piense entonces? ¿Estás embarazada?

—¡Ja, ja, ja! Nooo... ¡Basta! Mañana cuando vengas te lo cuento... Gracias por estar ahí, querida.

—Valeeeeee... Buenas noches, bonitaaa...

Adoro a Claudia, es un terremoto amable y cariñoso siempre dispuesto a ayudarme, aunque algo me dice que la he pillado justo después de haber tomado alguna copa de vino.

Es una mujer fantástica, de todos modos.

—9—

Mientras el director del banco me ha ido explicando un montón de asuntos relacionados con la hipoteca, mi mente ha empezado a dispersarse y a pensar en otras cosas, elucubrando sobre cómo serían la vida personal de ese hombre, su casa, su familia, sus costumbres...

Tengo una extraña afición a inventarme las vidas ajenas.

Todas las personas con las que me encuentro o entablo una conversación de más de diez minutos son propensas a crear algún tipo de historia en mi cabeza. Como si yo pudiese escribir en sus márgenes e incluir añadidos que pudiesen cambiar el sentido de su biografía. Es extraño. Más aún cuando conozco a sus parejas. Mi mente, que por lo general es bastante sosegada pese a su sensibilidad cargada de creatividad, también se atreve a dibujar estampas variopintas, como por ejemplo sus encuentros pasionales —los cuales, por lo general, me espantan—. No sé por qué me pasa. Es un poco perturbador.

El tono de voz de este hombre de camisa y traje planchados ha sido tan plano y tan monótono que me ha sumido en un trance del que me ha costado bastante salir, a pesar de que la información que estaba compartiendo conmigo era algo muy valioso e importante. Me ha costado mucho prestar atención.

Me encontraba muy cansada. Mucho más que de costumbre. Imagino que se debe a que todos los nervios y la tensión acumulados durante tanto tiempo comienzan a disiparse y a que, con la tranquilidad, comienza a emerger el agotamiento.

Estoy orgullosa e ilusionada y eso me duerme. Me deja fuera de combate. ¿No es la tranquilidad la verdadera felicidad?

Para mí, sí... Y dormir es mi trofeo soñado.

Después de la larga disertación del director de la sucursal, nos hemos acercado a la notaría. No es nada habitual hacer un trámite de estas características tan rápido, no contaba con ello, pero he tenido la suerte de que el hermano del director sea notario, se encuentre en la ciudad y me haga el favor. Todo el universo confabula a mi favor, está claro. Allí nos aguardaba para firmar don José Luis, que se encontraba también en la ciudad, misteriosamente —¿quizá tenga una amante?— . Iba muy elegante, como siempre, y lucía un bronceado muy favorecedor que le confería un atractivo singular. Sus vacaciones en la playa le estaban sentando muy bien. Cumplidos los trámites, cuando ya me despedía de él, he pensado en lo mucho que le gustaría a mi madre este hombre, y, al acordarme de ella, he caído en la cuenta de que en algún momento tendré que informarle de lo que acabo de hacer. Pero bueno, todavía no, estaba agotada de tanto ajetreo, así que me he vuelto a casa y allí me esperaba Claudia. En la puerta. Al parecer, desde hacía un buen rato.

—Cariñooooo... ¿Pero no habíamos quedado tú y yo? ¿Dónde te has metido? —me ha dicho con algo de ironía nada más verme—. Por un momento he estado a punto de llamar a los bomberos, Fabiola, pensando que estabas ahí dentro, aplastada bajo una pila de cajas... La otra posibilidad era encontrarte con un amante...

—¡Ja, ja, ja!... ¡Ay! Perdona, Claudia... Debería haberte avisado ayer... Es que vengo de hacer unas gestiones y he tardado más de lo previsto... Lo siento...

Mientras hablábamos casi entro en pánico, porque no encontraba las llaves de casa entre la maraña de papeles y trastos que llevo en el bolso.

—Nada, nada... No te preocupes, cielo... Tampoco llevo mucho rato esperándote, no he llegado hace tanto... Esta mañana me la he dedicado a mí enteramente... Cuando no tengo a los pequeños correteando por toda la casa, aprovecho para mimarme... Ya sabes, un baño relajante, mis cremas, esas cosas... Además, creo que el vino de la cena de ayer me sentó peor que de costumbre...

—¡Ja, ja, ja! Algo del vino intuí al teléfono. Sí, sí... Haces muy bien en mimarte, Clau. Esos espacios propios son muy importantes...

—¡Ay, sí! Adoro a mis hijos, los quiero con locura y no concibo mi vida sin ellos... Pero a veces me echo de menos, ¿sabes? Y necesito desconectarme un poco...

Claudia se divorció de su marido, el mejor amigo de E., hace unos tres años, cuando el mayor de sus dos hijos apenas había cumplido dos y el pequeño tenía unos meses de vida. El motivo fue una infidelidad de él, que ella descubrió por casualidad al hacer un curioso hallazgo en el cajón de su propia ropa interior.

Por lo que ella me ha contado, parece ser que la asistenta colocó allí unas inusuales e irreconocibles prendas poco después de hacer la colada de la maleta del último viaje de trabajo de su marido, creyendo que le pertenecían...

Cosa que no.

Ante tan extraño evento, Claudia comenzó a sospechar de las numerosas salidas y viajes de trabajo de su marido —algo que jamás habría hecho en otras circunstancias, pues a sus ojos era el hombre perfecto— y se percató de que este llevaba un tiempo actuando de una manera diferente, cosa que no había notado antes con el revuelo y la explosión hormonal que conlleva traer el mundo a un bebé... Sus presentimientos se confirmaron poco después y, ante la falta de escrúpulos de él y los absurdos motivos que adujo —lo achacó a simples necesidades físicas que debía suplir y atender, y que ella no podía gestionar tras el embarazo—, se separó.

Creo que debió de sentirse realmente dolida, decepcionada y devastada para llegar a tal extremo. Algo me dice que no era la primera vez que su marido tenía una aventura, seguramente ya había ocurrido en otras ocasiones, pero teniendo en cuenta lo importante que ha sido para ella presentarse ante el mundo como una familia perfecta, con una casa ideal, unos hijos preciosos y un nivel de vida bastante alto, lo más probable es que se lo hubiese estado negando, mirado hacia otro lado, hasta que no pudo soportarlo más y decidió encararse a la situación.

Todo esto le ha abierto los ojos a una nueva realidad... Y en lugar de sentirse decepcionada y abandonada, ahora es más feliz y más libre.

—A ver, cariño, ¿con qué quieres que empecemos? —me dijo Claudia observando la jungla de desorden y caos que reinaba en el salón—. Yo creo que lo suyo es tomar un refrigerio antes de nada, ¿no te parece? Con este calor, necesitamos motivarnos con algo... Pero algo ligero, ¿eh? Nada de azúcar.

—Tienes razón, iré a la cocina a buscar algo... ¿Qué te apetece? ¿Un vaso de agua?

—¿Me ves a mí como una señora que beba agua? ¿No tienes whisky?

—¿Agua con gas?

—Eso ya es algo más glamuroso... De acuerdo.

De camino a la cocina me he tropezado con el comedero de Tomi, el perro de E., y me he dado cuenta de lo mucho que echo de menos los ladridos de alegría con los que me recibía al llegar a casa y su compañía habitual, tumbado sobre la alfombra observando todos mis movimientos. Es increíble el cariño que se puede llegar a sentir por estos seres de pelo y entusiasmo, aunque no te pertenezcan ni los hayas visto crecer. Convivir con un animal te hace ser mejor persona, te enseña cosas nuevas de ti, algunas que incluso no habías descubierto hasta la fecha.

E. y su anterior novia rescataron a Tomi de una perrera cuando era un cachorro, en un intento de ambos por probar a formar una familia o a reavivar su amor, como una prueba de fuego... E. no se sentía preparado para tener descendencia, así que supongo que pensaron que cuidar y atender a un nuevo habitante era lo más parecido a tener un hijo, algo que fortalecería su vínculo... Pero la cosa no surtió efecto, y la relación, que ya hacía agua, se hundió del todo poco después.

¿Por qué creemos que la solución a todos nuestros problemas de pareja es añadir un nuevo componente a la familia? Es un error garrafal... Creo que cualquier decisión de este tipo debe ser fruto del amor, no un camino para llegar a él.

De vuelta de la cocina me he encontrado a Claudia ojeando una pila de revistas enorme que tengo apoyada contra una pared y que todavía no he podido clasificar.

Al verme, ha levantado la vista de una de sus páginas y, señalando con el dedo una imagen, me ha comentado llena de entusiasmo:

—¡Fabiola, no sabía que esta actriz tan famosa había llevado uno de tus diseños a la última gala de premios!... ¡Qué maravilla!... ¡Me encantan ella y su trabajo!...

—¡Ahhh...! Sí, ¿a que es alucinante?... Estaba preciosa...

—¡Muchísimo! ¿Cómo no me lo habías comentado antes?... Bueno, igual sí que me lo has contado, pero como estoy pendiente de mil cosas a la vez no he prestado mucha atención...

—¿No te lo había dicho? Qué desastre... Si te digo la verdad, ahora mismo tengo la capacidad cognitiva de un rodaballo... —he respondido desanimada—. No ha sido la única que ha lucido mis modelos, ¿eh?... En ese montón de revistas creo que hay bastantes más... Debería examinarlas, pero me temo que no me va a dar tiempo a tanto... Quizá deba guardarlas todas y hacerlo en otro momento...

—¡Ja, ja, ja! ¡Ay, Fabiola! —me contestó entre risas—. ¿Un rodaballo? ¡Un besugo, cariño!... Fabiola, eres fantástica. ¿Sabes? Estoy orgullosa de ti... Eres todo un ejemplo. No sabes lo agradecida que estoy por que formes parte de mi vida y por lo mucho que me has apoyado en todo este tiempo con el divorcio... ¿Eres consciente de lo que has conseguido gracias a tu esfuerzo y dedicación?... Tu trabajo está presente en las mejores revistas, estás construyendo algo muy importante. ¿Te das cuenta de lo difícil que es llegar a este nivel? Y todo gracias a tu constancia y tu buen hacer... Es increíble... Te admiro, cielo...

—Claudia, ¿tú crees? ¿Crees que todo el esfuerzo que estoy haciendo con Fablier va a llevarme a algún lugar? ¿Crees que tiene importancia? ¿Que sirve para algo?...

—¡Por supuesto! ¿No te das cuenta?... ¿De dónde sale este dramatismo? Fabiola, despierta. Eres fabulosa —esto me ha hecho recordar a E.—, tienes mucho talento y, además, coraje... ¿Existen más personas con talento por ahí? Sí... Pero no son tú y tus agallas... Cualquiera en tu lugar hubiese tirado todo por la borda y no... Tú no...

—Ay, Clau... Vas a conseguir que me emocione... Estoy muy sensible en este momento...

—Bueno —me interrumpió—, tú siempre eres sensible y romántica. Eso es lo que te hace ser tan especial. Ojalá hubiese más personas en el mundo como tú... Tu sensibilidad es increíble y te hace vivir en un lugar que muchos no van a poder alcanzar en la vida... Esta vulnerabilidad tuya es poderosa porque te hace humana. ¿Eres consciente de la suerte que tienes? Yo a tu lado soy una bruja sin escrúpulos, mi amor.

—No digas eso de ti, no eres ninguna bruja

—Díselo a mi exmarido... A ver qué te cuenta...

—Ay, amiga mía... —yo ya estaba notando que mis lágrimas iban a aparecer en algún momento—. No sé... No sé qué decirte... A veces es muy complicado lidiar con todo, ¿sabes?... En ocasiones mi cabeza se convierte en una espiral de emociones y sentimientos que no sé gestionar muy bien... Y en estos últimos meses... —empecé a llorar—... han pasado tantas cosas tan decepcionantes... Ha sido demasiado...

—Mi cielo —Claudia se ha levantado y ha venido a consolarme apoyando su mano en mi hombro —, lo sé... Este año ha sido muy duro para ti, entre el esfuerzo que has debido dedicar a tu trabajo, las decepciones, la ruptura... Todo a la vez... Ha sido complicado... Pero aquí estás, viva, capaz y estupenda... Dentro de no mucho entenderás que esto era algo que debías vivir... Y lo aceptarás... Esto es un pequeño bache. Una sacudida sin importancia...

—Sí, sí... Si yo lo acepto... ¿qué otra opción tengo?... Pero reconozco que estoy agotada... Y tengo miedo de caer enferma...Vivo con una ansiedad constante..., ¿sabes?

—Ah, no, no, no, no... No, cielo —ha atajado Claudia drásticamente al escuchar mis lamentos—. Por ahí no, cariño... No me gusta que pienses en eso... En lugar de concentrarte en lo que crees que has perdido, reflexiona sobre lo que has ganado, sobre quién eres hoy por hoy... Y lo que tienes. ¿No te das cuenta?... Sin todas estas vivencias no estarías aquí... Mírame a mí... ¿Acaso crees que divorciarme de mi marido y romper con todo lo anterior no ha supuesto un gran dolor?...

—Sí, claro...

—Ya sabes lo difícil que ha sido todo y la angustia tan profunda que conlleva sentirte decepcionada, incluso utilizada... A veces desearía no haberle conocido nunca... Pero tengo a mis hijos, ¿sabes?... Mis pequeños son la cosa más increíble que la vida ha podido regalarme... Si no hubiera estado con él, sin toda nuestra historia, ellos no estarían aquí... Así que lo volvería a hacer todo igual, todo, por ellos...

Las palabras de Claudia han sido como un bálsamo para mí. Uno de esos que escuece un poco al principio, pero que precisamente por ese picor sabes que está funcionando y haciendo su efecto sanador. Su fortaleza, su sentido del humor, su seguridad en sí misma y su manera de enfrentarse a las situaciones es una fuente increíble de inspiración, y sus consejos son, casi siempre, los más sinceros y honestos.

Tiene razón. No debo renegar de mi historia con E. Ni de la deslealtad de Bárbara, ni de nada más. No sirve de nada. De haber sido de otra forma, ahora Claudia no estaría aquí, no la habría conocido a ella, ni a Olivia, ni habría firmado la compra de un apartamento... Con todo lo sucedido sólo puedo aprender y continuar creciendo, seguir con mi propósito. Quedan muchas cosas por experimentar y descubrir, aunque ahora no sea capaz de apreciarlas con claridad.

—Es verdad, Claudia... Somos el fruto de nuestras circunstancias y de nada sirve ignorar lo anterior...

—Pues sí, eso creo... Además, ¿sabes una cosa?... —me aclaró con cierta ironía—. Yo no le deseo nada malo al padre de mis hijos, al contrario, y no me considero una persona rencorosa, pero, oye, espero que el karma reparta bien sus cartas y le dé algún tipo de escarmiento por haber sido así de inmaduro e inconsecuente conmigo... Y si no, pues no sé, que se desprenda de algo que ame verdaderamente... ¿que se le caiga el pelo? Creo que es su mayor pánico en la vida.

—¡Ja, ja, ja! ¡Cómo eres!...

—Bueno... ¿Es justo, no crees?... Por cierto —ha dicho Claudia mientras iba retirando cosas para hacerse un hueco donde acomodase en el sofá—, ¿qué era eso tan importante que tenías que contarme?

Con el talento prodigioso de Claudia para la conversación y su torbellino de efusividad amable, he olvidado comentarle de dónde venía esta mañana y de la ilusión que me invade.

—¡¡Ostras!! ¡No me puedo creer que no te lo haya dicho todavía! —he respondido con una sonrisa enorme en la cara—. ¡He firmado la compra de mi antiguo apartamento!

—¿¿¿De verdad???... Pero... ¿Te has comprado una casa?... ¿Cuándo ha pasado todo esto?, ¿cuándo pensabas decírmelo? —me ha contestado sorprendida.

—Esta mañana... He ido al banco... A ver, ha sido muy rápido... En realidad, ya no contaba con que me concedieran la hipoteca, después de estar esperando varias semanas... Y con apenas ahorros... Lo veía muy complicado... No he querido precipitarme y comunicarlo... Debía habértelo contado antes, lo sé. Soy un desastre... Pero, de alguna forma, no quería crear expectativas que luego quedasen en nada...

—Vaaaaaale, entiendo... ¡Pero me hubiese gustado saberlo antes!... Da igual... Entonces, ¿te la han concedido? ¡Cómo me alegro!... ¡Esto es algo que no me esperaba! ¡Qué fuerte! ¿Y dónde está? ¿Cómo es? ¿Te han dado las llaves? ¿Vas a trasladar todas estas cosas allí ya?...

El aluvión de preguntas de Claudia me ha caído como un chaparrón de vértigo.

—Pues, a ver... Es mi antiguo apartamento, el de la calle Cedro... Necesita una buena reforma, no sabes cómo lo han dejado los anteriores inquilinos, pero lo he conseguido a un precio razonable... Ha sido todo fruto de la coincidencia... Tengo las llaves por ahí, en el bolso... Y no, todos los muebles van a guardarse en un trastero, tal y como lo había planeado, porque no tengo tiempo para gestionarlo de otro modo y...

—¡Bueno, bueno! ¿Es aquel piso en el que vivías antes de trasladaros a esta casa? Creo que me acuerdo, aunque no llegué a visitarlo nunca. ¡Quiero ir a verlo ya! ¿Nos acercamos luego?... ¡Qué gran sorpresa! ¿Ves? Si es que siempre debe quedar esperanza para algo... ¡Cómo me alegro! Estoy segura de que vas a dejarlo precioso... Uy, es muy emocionante... ¡Vuelves a tener un piso de soltera! ¡Y sin niñooooos! ¡Qué envidiaaaaa!

En efecto, voy a vivir sola, de nuevo. Otra vez rondo por la casilla de salida en términos emocionales. Otra vez, con treinta y ocho años y en plena ascensión profesional, en soledad. ¿Quién lo hubiera imaginado hace unos meses?

—Eso es, y voy a dejarlo precioso... De algo tendrán que servirme todos esos años en la facultad y el tiempo que pasé después trabajando en ese estudio de arquitectura infame...

—Estoy segura de que va a ser digno de una revista de decoración, como esta casa... ¡O mejor! ¡no me cabe duda!...

¿Abrimos una botella de algo para celebrar? ¡Esto merece un brindis!

Claudia siempre encuentra algo por lo que brindar.

Después de terminar de recoger los enseres y recuerdos que todavía yacían desperdigados por el salón y llevarlos hasta el garaje para despejar el espacio, hemos realizado una pequeña pausa para comer y continuar charlando.

Claudia es enigmática, con una belleza exultante. Es vivaz, elegante y rebosa fuerza y vitalidad. A los ojos de cualquier extraño, es una mujer perfecta. Cuando paseamos juntas, observo cómo deslumbra a los transeúntes a su paso, cómo brilla. Hay algo luminiscente en ella. Es una mujer adorable y luchadora que ha tenido que retomar su carrera profesional como dentista de prestigio, a pesar de no tenerlo planeado, después de haberla dejado de lado hace años para centrarse en la crianza de sus hijos. En aquel entonces, el que era su marido la animó a que ignorase su buena trayectoria profesional para centrarse en la familia y en las primeras etapas de sus hijos. Ella aceptó sin miramientos. De esa manera, creía estar compensando la ausencia que experimentó en su niñez, con dos padres totalmente entregados a su trabajo en una embajada en un país extranjero.

Es curioso comprobar cómo los vínculos creados con nuestros padres condicionan nuestra existencia, de alguna forma.

Es curioso e inquietante.

La personalidad de Claudia es arrebatadora, así que no entiendo muy bien cómo es posible que se sostuviera la relación que mantuvo durante tantos años con su exmarido, un hombre de carácter blando, con menos carisma que un vaso de papel, soso, oscuro y fanfarrón al mismo tiempo...

Fueron novios desde el instituto, si mal no recuerdo, y su tradicional noviazgo, unido a la amistad que compartían sus respectivas familias, culminó en una ceremonia nupcial por todo lo alto al terminar sus carreras.

A Claudia y a mí nos encanta filosofar y reírnos de nosotras mismas. Somos grandes confidentes, aunque no nos veamos muy a menudo. Mientras estábamos disfrutando de un café helado después de comer, he sentido la necesidad de preguntarle por los motivos por los que accedió a casarse tan temprano, y ella no ha dudado en responderme:

—Fabiola, a veces la vida no te deja opción... O sí, pero no estás preparada para afrontarla, ¿sabes?... Y después de un noviazgo largo, con toda la ilusión y el entusiasmo que corre por tus venas a los veinticuatro años, le dices que sí, y te casas... Y te dejas llevar por lo que los demás esperan de ti, por lo que se supone que necesitas y es bueno para tu futuro... Y lo crees de verdad, porque no conoces nada más, porque no has vivido más experiencias ni observado más fórmulas que las que tienes a tu alrededor... Estás enamorada o crees que lo estás. No lo sabes, pero tampoco te interesa saberlo... ¿Me explico?

—Sí, pero entonces... ¿reconoces que no estabas enamorada?

—No, no, Fab... A ver, yo estaba totalmente enamorada... Pero no de él, sino de la vida que iba a tener con él... El tiempo es el que me ha demostrado que aquel amor no era otra cosa que mis expectativas de compartir una vida de ensueño a su lado, formando una familia juntos, viajando, acompañándonos, compartiendo momentos, creciendo uno al lado del otro...

—Vale, entiendo... Entonces... Imagino que desprenderte de todo lo que habías construido a su alrededor, de todo lo que habías soñado y conseguido, ha debido ser muy traumático, ¿no?

—Claro... Muchísimo; todavía ando sanando algunas cosas... Pero pese al dolor y la decepción, también ha sido muy interesante porque en todo ese proceso he descubierto mi verdadero yo... Mis auténticos gustos, mis opiniones propias, mi libertad... Si tú supieras por lo que he tenido que pasar durante mi matrimonio... Los silencios y miradas hacia otro lado que he tenido que soportar para seguir junto a él y así mantenerme en el papel que se esperaba de mí... —me ha respondido con un ligero temblor de emoción en la voz.

Claudia, a pesar de su fuerte personalidad, tiene un interior esponjoso al tacto. Uno que no muestra fácilmente y que tiende a esconder y silenciar.

—Ehmm... ¿Quieres decir que no fue la primera vez que él te había sido infiel?

—Por supuesto que no... Ya iban unas cuantas, muchas. Los infieles son reincidentes; al menos, después de serlo dos veces... Algunos de estos escarceos han sido puntuales, y otros más dilatados en el tiempo, con regalos y viajes compartidos, incluso... Yo era consciente, claro, ¿cómo no iba a darme cuenta? ¿Cómo pensaba ese canalla que yo ignoraba por completo sus movimientos? Eso se palpa. Tu intuición te lo dice y te lo pone en bandeja para que reacciones, pero yo no he querido enfrentarme a ello hasta que no me ha quedado más remedio... He llegado a escuchar que incluso el día de nuestra boda me fue infiel con una de las invitadas... ¡Con una antigua compañera de clase!... En nuestra boda. ¿Te lo puedes creer?...

La sinceridad de Claudia me estaba destrozando el corazón. Desconocía por completo todo este episodio. ¿Cómo es posible que ese individuo de encefalograma plano, personalidad apagada, sin carisma y sin escrúpulos, con quien ella ha estado en pareja, haya actuado así durante tanto tiempo? Me ha dejado desconcertada. Pensaba que este tipo de historias quedaban reservadas para guiones melodramáticos, pero no. Estas cosas suceden en la vida real.

—Debe ser una broma, ¿no?... Quiero decir, la gente habla mucho y a veces tergiversa situaciones para hacer daño...

—Me temo que no, cielo... Cuando nos separamos, después de salir del despacho de abogados tras firmar los papeles del divorcio, se lo pregunté directamente... Y... ¿sabes qué me contestó?... —Claudia ha tomado una breve pausa para coger aire y continuar—: Pues que «eso ya formaba parte del pasado».

—Claudia, cariño... No tenía ni idea... Lo siento... —No he sabido cómo seguir. Estaba perpleja.

—Nada, nada, querida Fab... Ya está. Ya han pasado casi dos años desde aquel infierno. He pasado página, por mí y por mis hijos... Que por cierto, ahora están con él de vacaciones hasta el lunes...

—Ah... Pero, hay algo que no entiendo... A pesar de todo esto, mantenéis una buena relación desde que os separasteis ¿no?... Es decir, yo nunca te he escuchado hablar mal de él y E. tampoco me ha comentado nada al respecto...

—Claro, Fab... Más que llevarnos bien, me atrevería a decir que nos aceptamos. Primero por nuestros hijos y la responsabilidad compartida que ambos adquirimos por ellos y, segundo, porque le he perdonado...

—¿Cómo le has podido perdonar después de todo aquello?

—Bueno, digamos que he aprendido a observarle a través de las gafas de la compasión y, aunque su comportamiento me produzca una tristeza extrema... Deberías verle, actúa como un adolescente... Todo lo sucedido me ha mostrado quién soy, lo que realmente merezco y necesito en mi vida; me ha abierto la puerta de la ilusión... Y, querida amiga, eso no tiene precio... Además, somos jóvenes... ¿sabes?

—Bueno, tú un poco más que yo —he respondido mirando al infinito.

—Bueno, sí... Yo algo más... Pero a lo que iba, ahora me estoy permitiendo vivir... ¡Me estoy descubriendo y es emocionante! Tengo mi trabajo, mis amigas, mis amantes... ¿Te he dicho ya que llevo unas semanas quedando con un compañero de mis clases de baile?...

—Uy, pues no. ¡Qué divertido!... ¿Y qué tal baila? —he respondido contoneando mi cadera rítmicamente, sentada sobre una silla.

—¡Ja, ja, ja!... ¡Fabiola, por favor! Vas a hacer que me ruborice...

—Bueno, bueno... No he dicho nada malo... Tú me has comentado que le has conocido en clases de baile... Y yo sólo pregunto. —En realidad sí que me refería a esos bailes de cadera insinuantes y fogosos del encuentro íntimo, pero me gusta mantener el misterio...

La apertura en canal de los sentimientos y recuerdos de Claudia me ha permitido observarla desde un lugar que desconocía e ignoraba, y, a la vez, me ha regalado la oportunidad de reflexionar sobre mi propia historia con E. y contemplarme con otros ojos.

Poco después, tras terminar nuestro café, hemos vuelto manos a la obra para desmantelar el dormitorio, escaleras arriba.

En él, a simple vista, todo se encuentra en el mismo lugar donde estaba cuando compartía noches de pasión y refugio junto a E., exceptuando un par de cajones vacíos en la cómoda de madera que hay bajo la ventana y que hace las veces de joyero y baúl de los secretos.

Sobre él, un montón de fotografías en marcos de madera variopintos, rememoran algunos instantes de nuestra relación, como vestigios y pruebas fehacientes de una historia de amor que sucumbió a la rutina y la falta de comunicación, la dependencia y los silencios.

Al entrar en la habitación, Claudia se ha detenido unos instantes frente a ellas y, tras observarlas todas con detenimiento, ha escogido una en la que aparecemos E. y yo muy sonrientes y risueños en la primera boda a la que asistimos como pareja.

—La verdad es que hacíais muy buena pareja, Fabiola... Los dos tan altos y tan elegantes...

—No puedo negarlo, Clau. E. es un hombre muy atractivo y encantador... Además, siempre va impecablemente vestido, tiene mucho estilo... Es algo que me llamó la atención desde el primer momento...

—Sí, sin duda... Pero te confieso que creo que tú también le aportaste mucho, ¿sabes?... No sé, yo le recuerdo tan entusiasmado y feliz la primera vez que vino a casa a cenar con nosotros para comentarnos que había empezado a salir con alguien... Y esa seguridad, ese amor, le hacía brillar aún más... —ha contestado ella con algo de nostalgia.

—Bueno... Los comienzos ya sabes que son siempre la parte más dulce, la de ir juntando todas las piezas del rompecabezas e ir descubriendo al otro desde la ilusión... Y eso nos añade atractivo... Nos aporta confianza y seguridad y, bueno... Es embriagador. ¿No te has fijado? Justo cuando empezamos a salir con alguien es cuando aparecen el resto de amantes reclamando atención...

—Y porque entonces nos transformamos en algo que ha dejado de estar al alcance para ser algo inaccesible... Esto añade un atractivo al principio... —Ha sentenciado Claudia—. Los seres humanos somos así de absurdos en ocasiones; sentimos verdadera predilección por lo que no está en nuestras manos, por lo imposible... Y descartamos lo sencillo porque no resulta excitante... ¿Entiendes lo que te digo?

—Tienes razón... Confieso que a mí también me ha sucedido con algunas personas... Me han resultado más apetecibles cuando se encontraban fuera de alcance... No lo niego... Pensaba que se debía a mi propio enfoque personal, a mi esencia, a la forma en que yo consideraba que debían ser la relaciones...

—Te entiendo, cariño...

—¿Sabes, Claudia? Me he pasado la vida pensando que todo ha de conseguirse a base de esfuerzo... Todo. El trabajo, las amistades, los sueños, todo... El amor también... Y si lo quería, si lo anhelaba, debía luchar por ello para conseguirlo... Para conferirle valor... Si no era así, si no me dejaba la piel por el camino, es que no merecía la pena...

—Y así es, en cierta forma, ¿no? Amar precisa de esfuerzo... Obviamente, manteniendo unos límites en tu integridad...

—Exacto... El esfuerzo de amar tiene que ver con comprometerse a buscar soluciones cuando existen problemas e implicarse en el proyecto compartido, en nutrirse del otro, entenderle, acompañarle... No en dejarse llevar por el camino y olvidarse de una misma... No en aceptar ni silenciar tus verdaderos deseos... Ni arrastrarte e implorar amor... Ni cambiar tu personalidad para que te quieran y te deseen...

—Ay, Fabiola, esto que me dices resuena en mí, también...

—Sí... Si yo te contara, Claudia... Por esa razón, buscando ese esfuerzo extra, la mayor parte de mi trayectoria emocional ha estado repleta de relaciones que yo en el fondo era consciente de que no tenían futuro alguno pero me negaba a aceptar, pensando que podría conseguir cambiar ese destino... Esas personas...

—Nunca me habías comentado nada de esto, Fab... Te escucho.

Mientras vacío cajones y descuelgo cuadros de la pared, he sentido la necesidad de devolverle a Claudia toda la sinceridad que ella anteriormente ha depositado en mis manos. La confianza es la llave maestra para abrir todas las puertas, incluso aquellas que parecen tener el pestillo cerrado desde dentro, hasta esas otras por las que da miedo asomarse... La confianza genera más confianza, es exponencial... Así que no he dudado en ventilar mis recuerdos y mis miedos para afianzar nuestra amistad y entregarle una parte de mí.

—Pues sí, Clau... Siempre he tenido verdadera fijación por los imposibles... Para empezar, por sujetos que me tenían como segunda opción... ¿Sabes que fui la amante de un hombre muy famoso durante más de año y medio?...

—Uy, ¿de verdad? Ay, no, Fabiola... No...

—Sí... En realidad, yo vivía algo engañada... Nuestros encuentros comenzaron cargados de espontaneidad y pasión, de puro deseo... Era divertido, claro... ¿A quién no le resulta excitante verse a escondidas y vivir intensamente?... Al poco tiempo de empezar aquello, cuando yo ya estaba realmente colgada de él, me comentó que tenía pareja, que estaba casado... Pero no era feliz y quería encontrar el momento para separarse de su mujer, que era algo inminente... Y yo, por supuesto, le creí... Y esperé... ¿Qué otra cosa podía hacer?... Pero fue una experiencia horrible, algo que jamás repetiré en mi vida... Me sentía muy mal... Por un lado, me producía un conflicto de valores muy fuerte, ya que, de alguna forma, me consideraba la culpable de ocasionarle sufrimiento o dolor a alguien inocente, en aquel caso, a su mujer... Y por otro, era insoportable saber que cada noche dormía con ella y compartía su vida... Que yo era un segundo plato. Un postre... Que él no estaba conmigo...

—Y, ¿qué sucedió, Fabiola? —me ha preguntado Claudia con mucho interés.

—Pues lo que era de esperar... Que él nunca la dejó y, tras un montón de enfrentamientos y conversaciones en las que yo le imploraba que me eligiera a mí, rompió conmigo... Para, poco después, buscarse una nueva amante...

—Estaba cantado, querida... Cuando empezaste a demandar tu verdadero espacio, salió corriendo en lugar de enfrentarse a su realidad... Qué cobarde... No te quería, cielo... Pero mira, seguro que aprendiste muchísimo de todo aquello...

—Por supuesto, pero eso no es todo... También he mantenido muchos vínculos a distancia, con chicos extranjeros a los que veía una vez al mes y con los que yo imaginaba finales felices, trasladándome de ciudad y país, viviendo fuera... A su lado. En otro entorno y otra realidad...

—Claro, ahí está la atracción de lo inaccesible...

—Sí... Saber que no estaban a mi alcance, que no formaban parte de mis rutinas, me permitía mantener un espacio propio en el que poder dar rienda suelta a mis sueños, me regalaba libertad... Una falsa libertad... A la que yo me agarraba con ahínco y esperanza... Por supuesto, al final la realidad hace estragos... Cuando no hay roce, ni sentimientos fuertes construidos desde su base, la distancia enfría y diluye los sentimientos, ¿sabes?...

—Ay, Fab... Claro, cielo. Tiene todo el sentido... Veo que tú también has sufrido mucho por amor, ¿no?... —me ha respondido Claudia con cariño.

—Bastante... Y eso no es todo... En mi catálogo también existen un montón de relaciones blandas... De esas que nunca se concretan del todo por diferentes motivos y te mantienen pendiente de un hilo constantemente... ¿Intuyes cuáles te digo?

—¿Las del sí pero no?

—Exacto... Las de las idas y venidas... Las del «no estoy preparado para tener una relación» pero te buscan, te desean y te hacen pensar que sí... ¿O eres tú la que se engaña creyendo que sí?... Y tú esperas, te aletargas, creyendo que en algún momento estarán listos, que debes ser paciente para que consigan observarte en todo tu esplendor... Y haces todo lo posible para enamorarlos... Y te contentas con migajas, con esos espacios libres dentro de sus apretadas agendas, con un par de horas cada fin de semana donde poder tocarles, observarles y mirarlos a los ojos... Hasta que decides terminarlo y te alejas... Y vuelven con más fuerza...

—Eso es una espiral mortífera, Fabiola... ¿no te volviste loca?

—Bueno, yo creo que estoy como una regadera, pero me niego a reconocer ninguna honorabilidad en este tipo de actitudes... No se lo merecen.

—¡Ja, ja, ja! Me encanta que mantengas tu sentido del humor, Fab... Cielo, te has construido a ti misma durante todos estos años, ¿lo ves? Todas estas experiencias te han brindado la oportunidad de saber y reconocer lo que quieres a tu lado...

—Claro... Y no reniego de ellas, aunque algunas supuren de vez en cuando... Todo ha sido siempre tan complejo y carente de sentido que, cuando me encontré con E. y su amor tan entregado, tan especial, tan sincero..., no dudé en lanzarme, en apostarlo todo, ni un segundo... Lo curioso, es que creo que también me dejé la piel por el camino...

Verbalizar mi pasado en voz alta y a grandes rasgos para Claudia me ha supuesto todo un ejercicio de reflexión personal. ¿Pudiera ser posible que el amor de E. tampoco fuese el adecuado para mí? ¿Acaso me conformé creyendo que eso era lo que necesitaba? Me produce cierto vértigo pensarlo así, pues cinco años son tiempo suficiente para darse cuenta del tipo de relación que mantenemos con alguien... Pero ¿y si en realidad yo le quería porque él me quería a mí y nada más? ¿Acaso el amor que sentimos hacia alguien es suficiente? ¿Quizá estuve tolerando un montón de cosas que no merecía por miedo a perderle?

Me he quedado pensativa mientras recogía la ropa de cama, las mantas, las colchas y todo eso que había dejado escondido debajo de la cama hasta el próximo invierno. El silencio se ha adueñado de la habitación unos instantes.

—Cariño, ¿estás bien? —me ha preguntado Claudia

—Sí, sí. Perdona, Claudia... A veces me abrumo con toda esta situación... Estaba recordando algunas cosas... —No he sido capaz de compartir con ella lo que rondaba por mi cabeza en ese instante.

—Es normal que estés afectada, cielo... Pero recuerda que a partir de ahora te espera una preciosa página en blanco que poder estrenar...

—Lo sé, y eso me llena de ilusión, ¿sabes?... Aunque, ¿te puedes creer que uno de los primeros impulsos que tuve cuando me confirmaron la venta del apartamento fue llamar a E. para contárselo? —le he dicho a Claudia un poco afectada.

—Tiene toda la lógica, Fab... Es normal, con él has compartido todo estos últimos años. E. ha estado en los momentos importantes y este es uno de ellos... Uno muy especial... Pero espero que puedas manejar tus impulsos y tus emociones, ya que van a seguir apareciendo... Debes ser fuerte y mantenerle fuera de tu mente lo máximo posible.

En ese momento he recordado la carta que le dejé a E. el día que recogió todas sus cosas. Ahora mismo me parece un gran error por mi parte, algo que no tiene mucho sentido... Pero entiendo que me dejé llevar por la adrenalina del momento y por esa necesidad de respuesta.

—Eso espero... Ehmm, Claudia... Tengo que confesarte algo...

—¿Confesiones? Uy, soy toda oídos, cariño...

—¿Recuerdas que te pregunté algo sobre una carta el último día que E. estuvo en casa?

—Me suena algo, sí, creo que mencionaste algo al teléfono, pero ahora no recuerdo bien, cielo... Estaba dando de cenar a los niños y no soy muy buena en eso de prestar atención a dos cosas a la vez...

—Bueno... Ese sobre contiene varias hojas donde escribí todo lo que sentía que E. debía saber y conocer de mí... Mis sentimientos... Cómo estaba viviendo lo ocurrido... Al principio, no pensaba entregárselo ni hacérselo llegar ... No lo pensé, en realidad... Lo dejé en la entrada, bien visible, para que lo recogiera... No he tenido respuesta todavía...

—¡Ay, mi amor! ¿Pero cómo se te ocurre hacer eso? ¿Con qué fin? ¡Tú y el romanticismo! ¿No ves que no ha servido para nada?

—Ya... Lo sé, ahora no le encuentro mucho sentido y hasta resulta demasiado dramático, pero lo sentí así y lo hice...

—Bueno, cielo. Si creíste que lo necesitabas hacer y te quedaste más tranquila después, ya está... Pero que sepas que no se lo merecía. Si él hubiese estado interesado en conocer tu punto de vista y tus intenciones, no habría actuado de esa manera tan fría y drástica. Te hubiese dejado hablar y explicarte. ¿Me entiendes, Fab?...

—Sí, claro que lo entiendo... Pero después de una noche entera sin dormir, me dejé llevar... —le dije algo compungida.

—Bueno, ya está. No le des más vueltas y sigamos con lo nuestro, que ya hemos terminado casi con todas las cosas del dormitorio, ¿no? ¿Queda algo más?... Es un poco tarde ya...

—Aquí ya está todo hecho, sí... Ya sólo falta la cocina, con el menaje y los utensilios y todo eso... Y el baño... Pero quizá sea mejor dejarlo para mañana domingo.

—Vale, ¡estupendo! ¿Quieres que venga mañana también a ayudarte? Sigo sola en casa... No me importa, estoy disfrutando mucho de todo esto y de tu tiempo... ¿Cuándo vienen los del transporte? ¿El lunes?... Y ¿dónde vas a quedarte le semana que viene?...

—Oh, Claudia... La empresa de mudanzas llegará el lunes por la mañana, ellos se encargaran de todo... Yo no sé dónde me quedaré los próximos días... He pensado que quizá sea buena idea ir a visitar a mi madre al pueblo... Aunque no creas que me apetece mucho... Todavía me queda una semana de vacaciones antes de volver al taller...

—Mmm... Cielo, y si... —Claudia se ha quedado pensativa un momento—. ¿Por qué no te quedas en mi casa? Vamos a estar fuera todo el mes de agosto, de vacaciones...

—¿Sí? Eres muy amable, amiga... Pero ¿me lo dices de verdad?

—¿Me crees capaz de ofrecerte algo por quedar bien contigo? —me ha contestado Claudia con algo de sorna.

—¡Ja, ja, ja! No... Pero como estoy en este estado en el que todas las opciones son válidas porque no existe ninguna, pues...

—Lo dicho, entonces. Te quedas en mi casa. No hay problema alguno y me harás muy feliz si aceptas... Para eso estamos las amigas, para ayudarnos; además, a mí no me cuesta nada... ¡Tengo piscina, cielo! ¿Dónde vas a encontrar algo mejor contra este bochorno ?...

—Vale, entonces cuento con ello. Gracias, Claudia. De corazón.

—Un placer, mi querida Fabiola... Y que no se me olvide, ¿necesitas que venga mañana?... Yo puedo estar aquí a primera hora...

La amabilidad de Claudia me ha quitado de un plumazo un problema de encima. Me siento afortunada. Ha desaparecido, pero al retirar esa envoltura, los nervios y la ansiedad han aflorado de nuevo a la superficie. Tengo tantas cosas que solucionar y gestionar que apenas una de ellas encuentra su salida, aparece otra... Como una cajita automática de caramelos.

Ahora estoy triste de nuevo. Maldita sea.

Contemplar la casa y los recuerdos en cajas de cartón, me ha ofrecido la oportunidad de detenerme en detalles que han pasado desapercibidos hasta el momento, como las sombras que se han dibujado en la pared al retirar los cuadros, como el eco que se produce en las paredes mientras conversamos... Y esa repetición continuada y difusa de nuestras voces me ha abrumado. Me he sentido sola en una cueva y creo que el gesto de mi cara ha hablado por mí...

—Espera... Se me ocurre una idea... —ha continuado Claudia—. ¿Y si me quedo a hacerte compañía? ¿Qué opinas, cielo?... ¿Qué te parece si preparamos algo sabroso para cenar y salimos al jardín para disfrutar de esta magnífica noche? La temperatura es perfecta... —Claudia ha entendido a la primera que no quería quedarme sola.

—Mmm... No sé si quedan demasiadas cosas comestibles en la nevera... Estos días he estado aprovechando todo al máximo antes de irme...

—¡Eso no es problema! Vamos, cielo, yo preparo cualquier cosa... Algo habrá en la nevera, ¿no? ¿O está igual de triste que tú? Y después, no sé... ¿Vemos una película?... ¿Qué te apetece? ¿Abrimos el champán y bailamos un poco?... Si no hay champán, tampoco pasa nada..., ¿eh? Parezco una alcohólica, pero es que estoy sin responsabilidades...

He mirado a Claudia con media sonrisa, agradecida por todo el cariño que me estaba entregando en ese momento.

—Gracias. —Es lo único que he podido responder.

El amor y el afecto pueden demostrase de mil formas y este gesto es una pequeña gran muestra de lo que para mí significa la verdadera amistad.

La que es libre pero elige quedarse, por voluntad propia.

—10—

Cuando he abierto los ojos, he tardado un poco en descifrar dónde me encontraba hasta que mi mente ha aterrizado en la realidad.

Me he despertado al escuchar diferentes movimientos de vajilla procedentes de la cocina, en el piso de abajo.

Cuando he intentado incorporar el cuerpo en la cama para levantarme, un pequeño calambre ha sacudido mis piernas y he sentido un pequeño y punzante dolor en las sienes, como si alguien estuviera clavando en ellas algo con un martillo.

Qué horror. ¿Por qué nunca recuerdo que el champán me sienta fatal?

He bajado las escaleras y en la cocina me he encontrado a Claudia rebosante de vitalidad preparando el desayuno.

—¡Buenos días, cielo! ¿Qué tal has dormido?

—Buenos días, querida... Bien, bien... —Con mi absurda resaca no he sido capaz de construir una oración.

—¡Me alegro!... ¡Qué bien lo pasamos anoche, verdad?... ¡Cómo echaba de menos bailar hasta la madrugada!... ¡Qué divertido! ¡Menuda verbena improvisada que nos montamos!... Mira, te he preparado el desayuno... ¿Tienes hambre? —me ha contestado llena de entusiasmo. No entiendo de dónde saca tanta energía. Es asombroso.

—Ahora mismo no tengo mucho apetito... Creo que con algo líquido o un café es suficiente...

—Bueno, ¡no te preocupes! Yo te lo dejo aquí —me ha dicho mientras depositaba sobre la mesa del comedor un plato repleto de tortitas bañadas en caramelo, con un aspecto muy apetitoso— y puedes comerlo más tarde... No hay problema... Me encanta preparar el desayuno... A mis niños les encantan las tortitas. Se las preparo todos los domingos y no he dudado en seguir con la tradición... Además, he visto que tenías harina en un armario...

Mientras Claudia estaba hablando, yo la he observado como quien mira un punto fijo en la pared. Mi cerebro no ha sido capaz de procesar toda la información al mismo tiempo. Me he sentido sosa, como una acelga.

—Gracias, Claudia... Cielo, no tenías que haberte molestado... Todo tiene muy buena pinta... No sabía que también te gustaba cocinar...

—Bueno, no lo hago muy a menudo, ya sabes que tengo ayuda en casa y que ella suele ocuparse de casi todo, pero cuando tengo tiempo me encanta ponerme en los fogones... Me ayuda a evadirme, ¿sabes? Es mi pasatiempo favorito y, además, ¡se puede disfrutar y saborear!...

—Te entiendo perfectamente, yo hago lo mismo con el dibujo...

Claudia ha olvidado servir algo de zumo en la mesa, así que he decidido levantarme e ir hasta la cocina a buscarlo.

Al ir a abrir el armario que esconde la puerta de la nevera, me he detenido un momento a observarla. Está repleta de recuerdos.

Parece un cuadro abstracto, un enorme collage de vivencias y mensajes. En ella aún descansan algunas postales de los viajes que he hecho junto a E., sujetas con imanes de formas divertidas, una pizarra en la que solíamos apuntar las cosas importantes y las que necesitábamos comprar en el supermercado —una lista inconexa en la que ha quedado escrito «pimientos, médico día 12, detergente, regar plantas jardín, te quiero Fabu»— y algunas fotografías, entre ellas, una mía junto a mi padre cuando yo era pequeña, con vestido amarillo y una coleta muy alta con un pompón.

En ese momento he recordado que no he hablado con él desde hace varios días y no he tenido la oportunidad de contarle nada de la firma del apartamento.

¿Cómo puedo llegar a ser tan despistada? Debo llamarle cuanto antes.

Al volver a la mesa con la botella de zumo, me he encontrado a Claudia engullendo sonriente sus tortitas, como uno de sus hijos. Tras asentar algo líquido en mi estómago para aplacar mi acidez, he mirado el reloj. Eran poco más de las diez, la hora perfecta para poder comunicarse con alguien un domingo sin causar alarma.

—Claudia, cielo. ¿Te importa que te deje un momento? Voy a llamar a mi padre... Hace días que no hablo con él.

—Claro, claro, cariño... Sin problema, estás en tu casa... —me ha contestado irónicamente—. Cuando termine con esto me pondré a ayudarte a recoger las cosas de la cocina... ¿vale?

—Vale... Eres un encanto, Claudia.

Me he levantado de nuevo para ir hasta el salón, iluminado al completo por una luz preciosa de verano. Allí, tras despejar una silla en la que poder sentarme, he cogido el teléfono para llamar a mi padre.

No ha sido fácil, había muchas interferencias. Después de esperar varios tonos, cuando ya pensaba que la llamada iba a cortarse, ha respondido:

—¿Fabiola?... ¿Fabiola? —La voz de mi padre se escuchaba muy lejana y algo metalizada.

—¡Papa! ¿Me oyes?

—¿Fabiola?... —mi padre insistía—. Hija, es que no te oigo muy bien... Aquí no hay mucha cobertura... —he escuchado a mi padre quejarse al otro lado.

—Papá, ¿me oyes ahora?

—Ah, sí, ¡ahora sí!... ¿Cómo estás mi querida hija? ¿Cómo va todo? Pensaba llamarte, pero es que aquí resulta casi imposible utilizar el teléfono... Estamos en —he escuchado ruidos metálicos que no me han permitido entenderle—. ¡No sabes lo bien que lo estamos pasando!... Es sensacional, hija...¡Qué paisajes tan maravillosos!

—¡Oh!, ¿dónde? No te he escuchado, papi... Se corta... ¡Me alegra mucho saber que estáis disfrutando!

—Sí, estamos felices... Dime, ¿cómo estás?¿Ya has terminado de recoger las cosas de la casa? ¿Tuviste noticias del banco?

—¡Sí! ¡Por eso te llamaba! ¡He comprado el apartamento! ¡Es mío!

—¿Qué?... Perdona hija es que no te escucho bien... ¿Qué es tuyo? —Después de esto mi padre ha soltado algún improperio contra el teléfono.

—¡El apartamento, papá! ¡El apartamento! ¡He comprado el apartamento! ¡Me han concedido la hipoteca!

—¡Ay, hija, no me digas! ¿De verdad? ¡Cómo me alegro, mi querida Fabiola! ¡Mi pequeña ya tiene su propia casa! —ha exclamado lleno de júbilo—. ¿Hubo algún problema? ¿Cuándo vas a firmarlo?

—Ya está todo hecho, papá.

—¿¿Ya?? Pues sí que agilizan las gestiones los señores de los bancos cuando quieren... —me ha respondido con cierta sorna—. ¡Pues me alegro mucho, mi niña! ¡Qué gran noticia que me das!

—Sí, quería haberte llamado antes, pero me he despistado con la mudanza y como sé que estás de viaje...

—¿Qué? Hija, no se escucha bien. Se corta... ¿Qué has dicho?

—¡Que quería haberte llamado antes! —He elevado la voz en un intento de hacerme escuchar.

—¿Qué...? Ahhh... Nada, mi querida Fabiola... ¿Hola?... Fabiola, ¿tú me oyes?...

—Yo sí, papá. ¿Tú a mí?

—No se oye nada... ¿Me oyes? Bueno, mi niña... Oye, te llamo de nuevo cuando podamos comunicarnos mejor, ¿vale? Me estoy poniendo enfermo... No se oye. ¿Hola?

Me he imaginado a mi padre tirándose de los pelos en un intento de mantener la comunicación.

—¡Vale, papá! ¡No te preocupes, sólo quería decírtelo y darte las gracias por el apoyo! No hizo falta...

—¿Fabiola? Pero ¿tú me oyes?

—Sí, papá...

—Uff, bueno, hija... Te cuelgo, ¿vale?... Que sepas que tu padre te quiere mucho y está muy orgulloso de ti... ¿Hola?... Maldito teléfono. Ya hablamos cuando...

La llamada se ha perdido sin que mi padre haya podido terminar la frase.

Espero poder hablar con él en otro momento y explicarle todo detalladamente. Me alegra saber que está feliz y disfrutando de su viaje. Se lo merece. Le quiero con locura.

He vuelto a la cocina, donde Claudia ya andaba envolviendo objetos de cristal y platos, rodeada de una vorágine de papel de periódico y cartón.

—¿Qué tal con tu padre, querida? ¿Cómo está?

—Bien, bien... He hablado con él a duras penas... Está de viaje con su pareja y ha sido difícil establecer la comunicación, se escuchaba entrecortado... Pero al menos he podido comentarle que he conseguido el apartamento... ¡Se ha puesto muy contento!

—Normal, cariño... ¡Es una gran noticia!... Yo estoy deseando que me lo enseñes...

—Sí, lo sé, quizá cuando vuelvas de tus vacaciones... Ahora es posible que te espante. Necesita un buen lavado de cara...

—Cuando quieras, Fabi... Yo, feliz... Por cierto, ¿tu madre qué te ha dicho? —me ha preguntado Claudia con inusitado interés mientras cerraba una caja de cartón con cinta de embalar.

—¿Mi madre?... Mmm... No sabe nada aún... No sé, me causa cierta angustia decírselo porque es muy exigente y no sé qué puede llegar a opinar del asunto... Me da miedo, ¿sabes?... Siempre pone objeciones a lo que hago... Nunca es lo suficientemente bueno o acertado... Y... Tengo la sensación de que le va a parecer una locura...

—Ya... En cierto modo, te entiendo... Mi padre ha sido así conmigo toda la vida también...

—¿Sí? —he respondido sorprendida.

—Sí, de hecho, creo que la mayor parte de las decisiones que he ido tomando a lo largo de mi vida han sido para agradarle... ¿Sabes? Mis estudios de medicina, mi boda, nuestra casa en la playa... Todo... Todo para que él estuviese orgulloso de mí.

—Yo también me incliné por estudiar arquitectura para demostrarles que podía convertirme en alguien con futuro... Aunque realmente no era algo que yo quisiera hacer en realidad... —he respondido en voz baja porque mi dolor de cabeza sigue siendo considerable—. No lo tenía del todo claro... Pero era una oportunidad para salir del pueblo... Necesitaba irme y convertirme en alguien diferente. Descubrir otras cosas...

—En alguien digno de su amor, ¿verdad, cielo?... Y escapar.

—Algo así... Mi adolescencia no fue fácil tras el divorcio de mis padres, Claudia... Creo que algo en mí se desconectó... No sé cómo explicarlo... Vivía junto a mi madre y mi hermano y éramos muy felices. No nos faltó de nada y ella se encargaba de hacer todo de manera muy diligente... Pero siempre me he sentido muy unida a mi padre emocionalmente, tenemos un vínculo muy especial que se ha ido intensificando los últimos años—me he sincerado—. Sólo compartíamos juntos los fines de semana, cuando mi padre podía desprenderse de su trabajo en el obrador... Y nos lo dedicaba en cuerpo alma a mi hermano y a mí, con mil planes, juegos, risas, todo... Era estupendo... Siempre he sentido verdadera devoción por él... Algo que mi madre nunca ha llevado bien... Al igual que mi hermano, persuadido por los comentarios que mi madre hacía sobre nuestro padre... Me cortocircuitaba el cerebro...

—Normal... —ha respondido Claudia—. Pensándolo bien, creo que, en mi caso, la única salida que tenía para escapar del control extremo de mi padre era casándome... Sé que suena raro, pero siempre ha sido muy autoritario. He crecido en una familia en la que no se me permitía expresarme... Con una madre siempre en silencio, mirando hacia otro lado ante las reprimendas de mi padre...

—¿De verdad?

—Totalmente, Fabi... Ella nunca me ha alentado a ser libre, simplemente se ha limitado a responderme «Ya sabes qué es lo que debes hacer» para todo, o su homónimo «Eres mayor para saber lo que tienes que hacer»... Y poco más.

—¿Y qué pasaba cuando no sabías lo que debías hacer?

—Pues un «pregúntale a tu padre» lo solucionaba todo... ¿Sabes?...Me temo que él y mi exmarido están cortados por el mismo patrón... Que ambos han sido igual de infieles y deshonestos con sus matrimonios...

—¿Y de dónde intuyes eso, Claudia? —mientras hablaba, he empezado a barrer el suelo e ir recogiendo miles de trocitos de papel de periódico que han quedado desperdigados por la cocina.

—Pues de un pequeño comentario que me hizo mi madre poco antes de firmar el divorcio, cuando le comenté que era infeliz y que había encontrado pruebas de infidelidad... Me dijo algo así como «Sé que siempre te he comentado que el matrimonio es algo muy sagrado y que hay que luchar por ello, pero no tienes por qué aguantar todo esto. No hagas lo mismo que yo y te conformes con un silencio eterno... Ahora las mujeres somos libres».

—¿Y no le preguntaste expresamente que quería decir con eso? —le he preguntado intrigada.

—No, cariño... No, porque justo apareció mi padre por la puerta con cara de mal humor y cambiamos la conversación... Nunca más hemos vuelto a hablar de ello. No sé cómo abordarlo... Mi madre es una buena mujer, pero es de otra época... Con otras convicciones...

—Entiendo... Yo tampoco sé cómo decirle a mi madre lo de la casa... No tiene nada que ver con lo tuyo, lo sé, pero...

—Mmm... —Claudia se ha quedado pensativa mirando a un vaso de cristal—. ¿Y por qué no se lo dices en persona?... Quiero decir, ¿por qué no vas al pueblo y se lo comentas allí?

La idea de Claudia no es tan descabellada, a fin de cuentas, todavía tengo una semana de vacaciones y aquí no queda mucho por hacer los próximos días... Hace mucho calor y casi todo el mundo está fuera... Tampoco tengo pensado viajar a ninguna parte, ya que las vacaciones de verano en la costa que había planeado con E. se han ido al traste, como todo lo demás.

¿Y si me escapo unos días?

—Pues no lo había pensado, la verdad, pero quizá sea una buena idea... Aunque me da miedo, ¿eh? —He dudado—. Cambiar de aires siempre viene bien... Además, no he visto a mi madre ni a mi hermano desde las Navidades... Y... Quizá deba preguntarle...

—Claro, Fabiola. Hazlo. Llámala...

—Sí, debo hacerlo.

He apoyado la escoba contra la pared y me he acercado al teléfono, un poco temblorosa. Mi dolor de cabeza es persistente, pero no me impide pensar con lucidez. Esa es la sensación que tengo. Podría usarlo como excusa —como con tantas cosas a lo largo del tiempo—, pero las palabras de Claudia me han animado y he dejado de lado mi tarea para coger el teléfono y llamar a mi madre. Increíble, pero cierto.

—¿Mamá?

—Fabiola, cariño, ¿va todo bien? Se me hace raro recibir una llamada tuya... Nunca te acuerdas de tu madre... —No soporto su victimismo, lo confieso.

—Ehmm... Sí, todo bien. Ya está todo recogido. Mañana vienen a buscarlo y guardarlo... Claudia me está echando una mano, ¿te acuerdas de ella?

—¿Claudia? ¿La amiga de E.? ¿La dentista?

—Bueno, no exactamente su amiga... Es la exmujer del mejor amigo de E.

—Ah, sí. Qué chica tan estupenda. Es divina siempre... Qué amable que se haya ofrecido a ayudarte... Qué encanto... ¿Cómo están sus hijos? Dale recuerdos de mi parte...

Para mi madre, Claudia es la mujer ideal. Y lo es, es cierto, pero me lo recalca de una forma muy evidente siempre.

—Está muy bien, todo bien... ¡Clau! ¡Mi madre te manda recuerdos! —he gritado desde el teléfono hacia la cocina, para que Claudia me escuche.

—¡Mándale un beso! —me ha respondido Claudia desde el otro lado.

—Qué magnifica y cariñosa es siempre esta chica... —ha continuado mi madre al escuchar la respuesta de Claudia.

—La verdad es que sí... Bueno, mamá —he querido proseguir con el motivo de mi llamada—, quería preguntarte si... Ehm... Como te decía, mañana vienen a recogerlo todo y yo todavía dispongo de unos días de vacaciones... Olivia me ha prohibido volver hasta que no haya descansado... ¿Qué te parece si voy a verte la próxima semana? Ehm... Serían sólo unos días... Nada, una visita rápida... —No he sabido cómo abordarlo—. Verás, me gustaría verte porque...

—¿Quieres venir a verme? —me ha respondido, sorprendida.

—Sí... Quiero pasar unos días en el pueblo con vosotros... Y conversar, pasar tiempo juntas...

—Fabiola, ¿va todo bien? —ha preguntado extrañada. Lo que es lógico, teniendo en cuenta que siempre soy algo reacia a nuestros encuentros—. ¿Necesitas algo?

—Nada, nada. Sólo veros y cambiar de aires...

—Ah... Vale, vale. Claro, hija. Aquí estará tu madre esperándote con los brazos abiertos, por supuesto... Pero ¿seguro que no pasa nada? ¿No estarás deprimida, verdad?

—No, mamá, no estoy deprimida. Estoy triste a ratos, pero nada que no pueda gestionar... Sólo necesito cambiar de escenario... —le he respondido con toda la paciencia de la que he podido hacer acopio dentro de mí.

—Vale, mi vida... Pues ya me dirás qué día vienes para tenerlo todo preparado, ¿de acuerdo? Me coge un poco por sorpresa, pero aquí te espero. ¡Qué sorpresa!

—De acuerdo, mamá. Yo te aviso. Un beso.

Tras colgar, me he acercado a Claudia con un gesto dubitativo en la cara, cual gato mojado y despeluchado.

Por alguna razón siento que no es una buena idea pasar unos días con mi madre, nuestros últimos encuentros han sido bastante agobiantes.

—Fabiola, alegra esa cara, cielo. Es tu madre... —me ha respondido Claudia con cierta condescendencia.

—Ya... Es que no sé si estar con ella va a resultar positivo para mi estado de ánimo, ¿sabes?

—Te entiendo, cielo... Pero es tu madre... Ella te quiere... Entiendo que no es perfecta, ninguna madre lo es, pero quizá haya llegado el momento de sincerarte con ella... Tengo la sensación de que te sigue viendo como una niña... Debes hablar y pasar tiempo a su lado... Creo que es una gran oportunidad para comenzar desde cero, tras este gran punto de inflexión... ¿No te parece? Vas a reescribir muchos aspectos, ¿por qué no hacerlo también con vuestra relación? Quizá esta sea una gran oportunidad para forjar un nuevo vínculo con ella... ¿Te lo imaginas?

—Yo me imagino muchas cosas, pero esto lo veo un poco complicado... Casi más que haber conseguido una hipoteca... Aun así, lo voy a intentar.

—Claro, cielo. ¿Sabes? Desde que me convertí en madre he cambiado mi perspectiva y miro las relaciones maternales con otros ojos. Incluso la que he mantenido y mantengo con la mía... Me he dado cuenta de la compleja tarea que conlleva, del extraño instinto que se despierta hacia nuestros hijos... No creo que ella no te quiera, simplemente quiere lo mejor para ti... Eres su hija... Lo que pasa es que no sabe comunicártelo de la mejor forma posible... No todos tenemos ni conocemos las herramientas adecuadas para expresar nuestros sentimientos...

—Siempre ha sido muy exigente conmigo, Claudia... Y, además, no soporta que yo mantenga mejor relación con mi padre...

—¿Y no crees que pueda deberse a que tenga celos? No sé... No sé si es la palabra correcta... Tal y como la describes, es posible que se sienta inferior y crea que la quieres menos que a tu padre...

—Es más difícil que todo eso, pero bueno, voy a seguir tu consejo y a intentar mirarla de otro modo. Espero que no me suelte una de las suyas... —he respondido algo desanimada.

—Tú hazme caso, habla con ella de igual a igual... Cuando seas madre, lo entenderás... Porque, espero que esta pregunta no te resulte fuera de lugar, pero ¿tú quieres ser madre, Fabi? ¿Lo has pensado alguna vez?

—Mmm... ¿Pensarlo? Sí, claro. A veces he sentido ese instinto muy fuerte... De hecho, E. y yo hemos fantaseado miles de veces con ello, hasta teníamos elegidos los nombres de nuestros futuros bebés... Pero algo en mí me ha frenado, como si no me sintiera preparada para ello... No sé... Reconozco que nunca se está del todo listo para semejante hazaña; traer un niño al mundo es algo único e inigualable... Y un cambio radical... Y sí, no me importaría vivir esa experiencia... Pero, mmm... No lo he tenido nada claro. Mi intuición siempre ha sido bastante recelosa al respecto. Algunos comportamientos de E. me han hecho replanteármelo varias veces... Por no decir que mi carrera profesional está en pleno ascenso y han sido unos meses muy complicados... Y el tiempo pasa... Y yo, no sé. Es posible que no los tenga nunca y es posible que sí los tenga. Lo que sea, será igual de bienvenido.

—Bueno, cariño... A la vista está que, ahora mismo, la mejor decisión ha sido no tenerlos... Yo te puedo prestar a los míos cuando quieras.

—Pues sí... Además, conociendo a E. y su enorme necesidad de afecto y cariño constante, sé que no habría llevado nada bien eso de sentirse en segundo plano... Y más ahora, tras ver su reacción final... —he respondido muy sincera.

—Reconozco que vuestra ruptura me pilló por sorpresa...

—A mí también, Clau... No hay día que no me pregunte qué demonios ha pasado por la mente de E. para dejarme así, para que fuese tan frío en nuestra despedida, para que no se atreva a hablar conmigo y parezca que se lo ha tragado la tierra... Pero imagino que él tendrá su verdad, sus razones y su punto de vista, de la misma forma que yo tengo las mías...

—Y es posible que no las sepas nunca, cielo. Cada uno arrastra sus traumas y sus complejos... Y si no se solucionan, aparecen, tarde o temprano —sentenció Claudia.

—Eso es lo que he estado intentando interiorizar durante todas estas semanas... No me gustaría arrastrar el peso de la culpa... Quiero ser capaz de vivir con algunas preguntas sin responder... ¿Crees que es posible?

Después de varias horas de trabajo, la casa ya ha quedado totalmente recogida y preparada para el día siguiente. Vuelve a ser un lienzo en blanco, salpicado por algunos bultos y muebles.

Gracias a la ayuda de Claudia, he terminado antes de lo que pensaba, sin ella no hubiese sido posible. Le debo mucho... Además, toda esta experiencia nos ha brindado la oportunidad de afianzar nuestra amistad, algo que agradezco infinitamente. Es una de esas personas que me gustaría tener a mi lado eternamente.

Me siento muy afortunada.

—Mi querida, Fabi. Quiero que sepas que puedes contar conmigo siempre que lo necesites —me ha dicho Claudia, mientras la acompañaba a la puerta.

—Lo mismo digo, Claudia. Gracias de corazón por tu compañía y tu cariño. Me has ayudado muchísimo, de verdad... Y lo que más me ha gustado es que me hayas brindado tu confianza...

—Por supuesto, cielo. Eres un alma valiente y preciosa. Lo supe desde el primer momento que te conocí, en aquella fiesta junto a E. ¿Recuerdas? Tu energía es muy especial y muy valiosa... Que no me entere yo que derramas ni una lágrima, más, ¿eh? O sí, haz lo que quieras... Además, eres de las únicas personas que se han mantenido ahí, junto a mí, después de mi divorcio... Me has ayudado mucho, ¿sabías?... Quizá no seas consciente, pero sentí un terrible vacío al alejarme de mi exmarido... Todos me dieron la espalda, excepto tú y alguno más...

—Bueno, E. tampoco te dio la espalda..., ¿no? A pesar de que fuese el mejor amigo de tu ex...

—No estoy yo tan segura de eso, la verdad. Apenas he sabido nada de él durante todo este tiempo. Yo creo que se ha puesto en contacto conmigo porque no le ha quedado más remedio con todo esto y porque imagino que habrá entendido que su amigo es un mediocre... Aunque ya sabes, a veces mantenemos algunas amistades bajo el sello de «mejores amigos» por costumbre, porque nos han acompañado toda la vida y guardamos muchos secretos compartidos y creemos que con eso es suficiente... Aunque el tiempo nos demuestre que realmente están muy alejados de nosotros o que son unos cretinos, los seguimos manteniendo bajo el mismo pseudónimo... Por rutina.

—Ya...

—Quiero que sepas que estoy muy orgullosa de ti y que te espera un futuro increíble... Y yo quiero estar ahí para verlo. ¿De acuerdo?

—Vale, cuenta con ello —he respondido con una sonrisa enorme.

Ambas nos hemos abrazado muy fuerte y a mí se me ha escapado alguna lágrima. Sus palabras sinceras me han tocado en lo más blando. Ojalá hace unas semanas hubiese tenido la oportunidad de despedirme de E. de la misma forma, en este mismo lugar.

—Mañana me cuentas qué tal ha ido todo y te acercas por mi casa para traer tus cosas. Dejaré todo listo para que te sientas lo más cómoda posible, cariño. Gracias por abrirme tu corazón y mucho ánimo con esta última noche... Si necesitas algo, ya sabes dónde encontrarme.

La despedida de Claudia me ha devuelto al silencio absoluto, uno de esos opacos, repletos de ausencia.

Esta casa, sin todo lo que contenía y la habitaba, sin todo lo que formaba parte de nosotros, ya no es una casa, es una simple estructura, un montón de ladrillos, hormigón, madera y perfiles metálicos dispuestos en vertical y horizontal. Pese a su armonía y preciosa disposición, ya no tiene alma y, por lo tanto, ya no me resulta tan bella como antes. Ha perdido su chispa. Empiezo a sentir lo mismo con cada recuerdo de E.

Ya no hay nada más que hacer, excepto esperar.

He creído oportuno buscar una banda sonora que me acompañe durante las próximas horas y refugiarme entre canciones y bailes, entre recuerdos y esperanzas. Lamentablemente, mi colección de discos está ahora escondida en alguna caja, una de las muchas que descansan en cada esquina, perfectamente apiladas.

Ya no hay mucho que pueda hacer para distraerme.

Me he sentado en el sofá, exhausta y acalorada, apática. El dolor de cabeza casi ha desaparecido, afortunadamente, pero sigo nerviosa y con el cuerpo resentido, así que he decidido tumbarme, claro que para ello he tenido que retirar algunas cosas que descansan sobre él, como mi bolso y la documentación que ayer firmé en el notario.

Es increíble pensar que esos papeles sean la única prueba que confirma mi próximo destino.

Cuando he sujetado el bolso, un pequeño tintineo de llaves me ha sacudido por dentro y me ha regalado una idea. Son las llaves del apartamento.

¿Por qué no ir a visitarlo?

Este pensamiento ha fulminado toda mi apatía de un plumazo y me he ha hecho levantarme del sofá rápidamente para vestirme con lo primero que he encontrado por ahí. No son mis mejores galas, pero da lo mismo, es verano y esta estación permite cierta libertad en la indumentaria. Tras llamar a un taxi para que me acercase a la calle Cedro, en cuestión de media hora estaba allí.

Al abrir la puerta del portal, un montón de recuerdos han vuelto a la superficie, como siempre. Me temo que va a resultar algo complejo deshacerme de todos ellos, de olvidarlos.

Después de subir las escaleras, justo antes de abrir la puerta de mi antigua casa, un escalofrío ha sacudido mi cuerpo. Desconozco qué tipo de emoción ha producido tal efecto. Al entrar, todo se encontraba en penumbra y muy desbarajustado, como la última vez que lo vi, pero eso no me ha impedido adentrarme por el pasillo hasta el salón. Ese pequeño trayecto ya forma parte de mí, aunque hayan pasado tres años desde la última vez que lo recorrí a solas, lo tengo tatuado mentalmente.

Ya en el salón, he subido las persianas del gran ventanal que da acceso a la terraza y he intentado abrir sus puertas, para que el aire viciado de humedad comenzase a desvanecerse.

Una preciosa luz de atardecer dorada y uniforme ha hecho que el espacio vuelva a cobrar vida y yo con él.

Me he sentado en el suelo, sobre un trozo de papel que he encontrado para no mancharme con la notable suciedad que impera en el espacio, y he estado observando las paredes y la estancia con detenimiento y ternura. Cada grieta, cada desconchón en la pintura y cada mancha habla de quienes han habitado ese lugar, de todos los que han pasado por allí y no han sabido cuidar debidamente lo que tenían entre sus manos. Pero bajo toda esa capa de miserias, esos muros continúan estando ahí y siguen manteniendo su esencia, igual que yo.

A pesar de las heridas, de las palabras no dichas, de los silencios, de las miradas hacia otro lado, de las ausencias, del dolor y de las decepciones; a pesar de las heridas que la vida me ha ido infligiendo a lo largo de mi biografía, sé que bajo esa capa de inseguridad, tristeza y amargura, sigo estando ahí. Siempre he estado ahí. Sólo necesito adecentar y recomponer algunas partes de mi corazón para volver a brillar y ser la que era. Incluso ser algo mejor.

Hasta aquí, he recorrido un camino lleno de obstáculos y piedras que me han hecho tropezar de vez en cuando, pero también repleto de desvíos increíbles que me han mostrado nuevos parajes y formas de estar en el mundo, y me siento orgullosa de poder seguir adelante y saber que todavía quedan muchas más cosas por vivir y experimentar. Queda mucho más por vivir.

Sigo aquí. Es emocionante.

Desde esa extraña posición, reclinada en el suelo, diminuta y frágil, he sentido como una inusitada fuerza interior me llenaba de esperanza y coraje, arrancándome una sonrisa.

Dicen que, al final, sólo sirven las cosas del principio, pero olvidan que todo principio requiere un final...

A mí este final me ha regalado un principio magnífico.

Jamás lo hubiera imaginado.

— 11 —

Han pasado tres meses desde que terminó el verano y durante todo ese tiempo he estado instalada en la habitación de invitados de la casa de Claudia, que me ha acogido mientras mi apartamento experimentaba la reforma integral que necesitaba —y me daba no pocos quebraderos de cabeza, como era de esperar—. Insistió mucho en que me quedara con ella, y durante este tiempo hemos sido como dos compañeras de piso inseparables, con alguna que otra salida nocturna, noches de cine y salseos varios. Convivir con ella y con sus hijos me ha resultado bastante más fácil de lo que había imaginado, dadas las circunstancias.

Mi nuevo hogar ha quedado precioso, tal y como lo había planeado, con colores neutros, papeles pintados, un nuevo suelo de madera en espiga y una terraza repleta de flores y plantas —hasta una pequeña barbacoa— que espero poder disfrutar el próximo verano. He realizado algunos cambios estructurales, tirando algunas paredes, y ahora mi dormitorio es más grande y dispone de un baño enorme en el que he colocado una bañera de ensueño —en la que pienso pasar muchas horas a remojo—, y la habitación que antes alojaba mi pequeño taller se ha convertido en un vestidor precioso que esconde una cama para invitados —por si tengo visitas, como la de mi madre—. La cocina ahora dispone de mucho más espacio tras reubicarla en una esquina y está totalmente integrada con el salón. Es de color verde oscuro; un poco atrevido, lo sé. Durante la renovación descubrimos en el salón algunas molduras que habían quedado escondidas bajo capas de papel y pintura, y decidí restaurarlas. Han quedado preciosas. La mezcla de épocas que impera en este apartamento ahora mismo es un fiel reflejo de mis gustos variopintos. Soy ecléctica. Es un hecho.

Me encanta el resultado. Todos mis antiguos muebles, a excepción del sofá y la cama —de esos me deshice porque, según mi amiga Lucía, mi guía espiritual personal, «están cargados de malas energías compartidas con E.; debes cambiarlos inmediatamente para abrir tu canal»—, vuelven a estar conmigo, junto con otros nuevos que van a hacerles compañía a partir de ahora. Las cajas con la ropa y enseres varios llegarán en los próximos días, aunque ya me he atrevido a colocar algún que otro cuadro... No he podido traer todo lo que dejé en el trastero hace unos meses porque no ha habido mucho tiempo para gestionarlo y organizarme. Han sido semanas muy intensas. Espero poder hacerlo estos días.

Aquí, en mi atelier, casi ha llegado la hora de cerrar y a la salida va a ser la primera vez que me dirija a la calle Cedro para dormir en mi nuevo hogar.

—Fabiola, ¿no estás nerviosa? ¡Hoy estrenas tu nueva casa! —me ha preguntado Olivia llena de entusiasmo.

—La verdad es que sí... ¡Es mi primera noche! Oye, ¿te gustaría venir a cenar?

—¡Ay! Me encantaría, pero tengo una cita... ¡Una cita! ¿Te lo puedes creer?

—¿¿Una cita?? No me digas... ¿Te llevas el cuaderno para poder apuntar toda la información del sujeto y hacerle el estudio posterior?

—Ja, ja, ja... Fabiola... No, no me llevo ningún cuaderno. Para esta ocasión me conformaré con robarle un mechón de cabello, meterlo en una probeta y hacerle un análisis clínico... —me ha respondido con su habitual ironía—. ¿Qué te parece si me acerco la semana que viene?

—¡Ja, ja, ja! Estaba de broma, Olivia... Claro, sin problema... Te va a encantar. Tengo muchas ganas de enseñarte como ha quedado...

A lo largo de estas semanas, mi ansiedad y mi incertidumbre se han ido disipando a base de cariño y voluntad, de trabajo y nuevas ilusiones, aunque soy consciente de que albergo muchos recuerdos que siguen haciendo de las suyas.

El taller funciona a pleno rendimiento y hay muchos proyectos, incluso me han seleccionado en una publicación de moda como una de las diseñadoras más vanguardistas y profesionales del panorama nupcial, algo por lo que mi madre siente verdadero orgullo, tanto, que va de aquí para allá acarreando varios ejemplares en el bolso para ir mostrándoselos a todos los habitantes del pueblo. Incluidos gatos, perros, farolas y gallinas.

—Hija mía, ya he hablado con el alcalde y le he enseñado la revista... Me ha comentado que quizá tu puedas venir a dar el pregón de las próximas fiestas patronales...

—Mamá, ja, ja, ja. ¿Me lo dices en serio? Esas cosas me producen cierta vergüenza, ya sabes que no me gusta demasiado ser el centro de atención... ¿De verdad creen que soy alguien tan importante?

—¡Por supuesto! Lo he hablado con tu padre y él opina lo mismo. Sentimos un gran orgullo...

—¿Has hablado con papá? —he preguntado atónita.

—Sí... Estuve con él la semana pasada. Coincidimos en la cafetería del pueblo. Él estaba con su pareja. Me la presentó y lo cierto es que me pareció una señora muy agradable... Al día siguiente le llamé y estuvimos hablando durante un largo rato... Quedamos a comer... Te he hecho caso y he decidido enterrar el hacha de guerra.

—Oh, me alegra mucho escuchar eso...

—Sí, cariño, gracias por ayudarme a abrir los ojos y a tener otra perspectiva del asunto... Tenías razón, no estaba siendo muy justa con él. Tampoco lo fui contigo... Siento no haber sabido entenderte durante estos años pasados...

—Bueno, mamá... No te preocupes. A veces estas cosas pasan... Creamos distancias a base de silencios y malentendidos que se van haciendo más grandes conforme el tiempo pasa... Y no nos entendemos porque no nos brindamos la oportunidad de hacerlo... Me alegra ver que con papá las cosas van mejor... Te quiero.

Es curioso. Durante este breve periodo de tiempo, todo se ha ido colocando en mi vida de una forma que jamás hubiera pensado, incluso la relación con mi madre. Claudia tenía razón, necesitábamos hablar y sincerarnos. Necesitaba que ella dejase de verme como aquella niña, para descubrirme como una mujer madura. De igual a igual. Durante los días que pasé con ella en verano pudimos compartir nuestros miedos e ilusiones desde otra perspectiva. Intenté empatizar con sus emociones y, aunque no comprendí del todo algunas cosas, detecté en ella muchas otras que también habitan en mí y viceversa. Me ayudó con todo el tema de E., incluso le resultó fantástica la idea del apartamento. Es curioso. Sólo necesitábamos dedicarnos el tiempo suficiente para escucharnos. Me pregunto cuántos conflictos seguirán existiendo por ahí por no haber encontrado el momento o la situación oportuna para ser conversados, creyendo que ya no tienen solución.

Nunca es tarde para disculparnos y retomar los lazos.

Sigo pensando en E. de vez en cuando, por supuesto. Todavía no me he acostumbrado a su ausencia. Es un poco raro. Todavía conservo sentimientos hacia él, por mucho que me empeñe en decir que no... Pero son diferentes a los anteriores. No sé cómo describirlos. La tristeza inicial pasó a ser un enfado que después se convirtió en melancolía. Yo sólo quiero avanzar.

Lo he estado pensando: al final todo se resume en olvido y en mi voluntad por querer olvidar.

El olvido es memoria y no, no desaparece sin más, simplemente se esconde o se desvanece. Las experiencias no se evaporan, más bien se transforman. Por eso, no me obsesiono con la idea de borrar a E. de un plumazo del mapa, pues eso es algo que nunca ocurrirá. Debo aceptarlo.

Todo lo que viví junto a él, todos esos recuerdos y esos sentimientos, seguirán siendo parte de mí a lo largo de toda mi existencia, permanecerán en mi subconsciente —así ha sido siempre y así continuará— y no reniego de ellos, no soy tan cobarde... Pero cambiarán de lugar. Se trasladarán. Se mudarán...

A otra parte.

La distancia y el tiempo me han permitido analizar nuestra relación desde una perspectiva distinta y, con ella, me he dado cuenta de que en realidad aquel giro de los acontecimientos, por mucho que cueste reconocerlo, fue un regalo del destino. Una oportunidad.

Mi paradigma ha cambiado. Mis sueños. Mi manera de enfrentarme al mundo. Mis ganas. Mis anhelos.

Todo.

Y me encuentro tranquila y feliz.

De camino a casa, me he entretenido en la tienda de ultramarinos próxima a la calle Cedro para comprar algo para cenar. Mi intención era escoger algo liviano, pero había tantas cosas apetitosas que no he podido resistirme y he salido de la tienda cargada de bolsas. Siempre me sucede lo mismo.

Me encanta mi nuevo —y antiguo— barrio. Recorrer la calle Cedro, ahora cubierta de hojas secas que tiñen las baldosas de un especial color amarillo, me trae recuerdos hermosos. Es como contemplar una postal. Además, las farolas ya comienzan a iluminarse, destacando entre las ramas de los árboles semidesnudos que resguardan su energía para la próxima primavera... Es precioso. Me resulta fascinante pensar que vuelvo a vivir ahí. Es mágico.

Al cerrar la puerta del portal, mientras subía con todas las bolsas por las escaleras, me he puesto a tararear «Be my baby» de The Ronettes —no sé por qué me ha venido a la cabeza esa canción— interpretando un pequeño baile con la mente. En los momentos más inoportunos siempre vuelven a mí canciones que han significado algo en mi vida. Esta me recuerda a mi padre en su viejo coche, de camino a una de las numerosas escapadas a la montaña que hacíamos todos juntos en familia, cuando era pequeña. Sonrío.

Tras abrir la puerta de casa a duras penas y encender todas las luces, he visto algo en el suelo, un sobre blanco. Me he quedado extrañada.

Después de dejar la compra sobre la encimera de la cocina he vuelto hasta la puerta y he recogido esa curiosa carta.

Al sostenerla entre mis manos y darle la vuelta, he comenzado a temblar al descubrir el remitente.

«Bienvenida a tu nueva casa. Te debía una respuesta. E.»

Tras leer esa pequeña frase, mi corazón ha empezado a latir con mucha fuerza. La adrenalina ha comenzado a recorrer mi cuerpo a la velocidad de la luz, dejándome totalmente paralizada durante unos segundos. Había olvidado aquella carta.

No he querido abrirla. Me he negado. ¿A qué se debía? ¿Cómo había llegado hasta allí?

Tanto tiempo esperando ese instante y, ahora, justo ahora, que todo comienza a tener un nuevo sentido, que yo he avanzado con mi vida, que me estoy descubriendo de nuevo, que estreno casa, que todo va bien... Vuelve.

No es justo.

He cogido la carta y con sumo cuidado la he dejado escondida debajo de una montaña de libros que todavía no he tenido tiempo de colocar en mi nueva estantería. La he sacado de mi vista. No he querido que nada ni nadie perturbe mi primera noche en mi nuevo hogar, en mi nueva vida. Nadie merece tener poder sobre mí. Esta vez decido yo.

Me he acercado hasta mi viejo tocadiscos y he escogido un vinilo. Por los altavoces ha empezado a sonar a todo volumen «It's a shame» y me he lanzado a bailar como una loca por toda la casa... Es una señal. Vuelvo a mi esencia.

No quiero volver a mirar al pasado. Debo dejar ir, para avanzar.

He cambiado de piel.

He mudado.

AGRADECIMIENTOS

Gracias a la vida, en general. A mi familia y amigos.
A los que están y a los que han formado parte de mi recorrido en algún momento.
Gracias también a los que vendrán.
Nunca había pensado que acabaría escribiendo una novela, pero quien me conoce ya sabe que siempre tengo muchas cosas que contar y que un libro es una excusa perfecta para darles forma.
Es posible que no sea la única ni la última. Aviso.
Gracias a ti, querido lector, por el tiempo invertido en descubrir esta historia. Espero que la hayas disfrutado.
Gracias a Javier, mi editor, y a Alicia, por aguantarme mientras escribía todo esto. Ha sido un viaje apasionante.
Gracias a las oportunidades que han ido surgiendo a lo largo del camino y a las experiencias y aprendizajes que he ido acumulando en todas ellas. De otra forma, mi vida hubiera sido mucho más aburrida.

Gracias al amor.
Gracias a la pasión.
Gracias al sentido del humor.
Gracias a la voluntad.
Gracias al cosmos.

No sé tú, pero yo aquí veo una película.

A.